Vom Ehemann zum Hahnrei

„Welch bittersüßer Schmerz:
Zum Einen, die geliebte Frau in lustvoll,
lasziven Bewegungen sich winden sehen.
Zum Anderen: Nur als Zuschauauer daran
Teil haben zu dürfen!"

Jens Sengelmann

Herstellung und Verlag:
BoD – Books on Demand, Norderstedt
ISBN 978-3-7322-4579-6

An dieser Stelle möchte ich mich für die zahlreichen Anregungen bedanken,
aber auch für die Kritik, die mir einige der Leser meiner Bücher über den *dressierten Mann* haben zu Teil werden lassen.
Seien sie versichert, dass ich mir ihre mehr oder minder kritischen Anmerkungen zu Herzen genommen habe und einiges davon hat im Folgenden auch seine Berücksichtigung gefunden.
Dieses Buch erhebt keinen Anspruch auf Authentizität. Es entstand nur zu dem einzigen Zweck, Ihnen erotische Fantasien zu bescheren, die Ihr Liebesleben durchaus bereichern könnten.

Jens Sengelmann

Vorwort:

Liebe Leserinnen, zunächst einmal möchte ich mein Vorwort speziell an Sie richten.
Geht es Ihnen nicht auch manchmal so:
Sie denken, sie haben einen Mann, der ihnen durchaus gefällt, bis auf...
Er könnte ruhig auch mal im Haushalt helfen, oder etwas zärtlicher und einfühlsamer sein.
Oder sie wünschten sich von ihm, er sollte Ihnen genau dann ihre Freiheit lassen, wenn Sie es sich wünschen.
Sie haben einen Mann, der durchaus ein guter Liebhaber ist, aber alle Ihre Fantasien erfüllt er Ihnen dann doch auch wieder nicht. - Und vor Allem stimmt sein Timing nie!
Schön wäre es auch, wenn er mehr Wert auf sein Äußeres legen würde, zumindest dann, wenn Ihre Freundinnen zu Besuch sind, oder wenn sie zusammen ausgehen.
Und am allerbesten wäre es, er ließe sie auch mal mit anderen Männern schlafen, wenn sie Lust dazu haben, ohne gleich den eifersüchtigen und betrogenen Ehemann zu spielen.
Alles in Allem sollte er sich mehr Ihren Wünschen beugen.
- aber, ist so etwas überhaupt möglich?
Wie können Sie aus Ihrem Ehemann, genau den Mann machen, den Sie gerne hätten, und zwar zu jeder Zeit und zu jedem Anlass?
Und wie kriegen Sie ihn dann auch noch dazu, sich

das nicht nur alles gefallen zu lassen, sondern wohlmöglich auch noch Gefallen daran zu finden? Mit Männern kann man doch über so Etwas nicht reden, oder doch?

Und nun zu Ihnen, liebe Leser, liebe Männer: Denken Sie nicht auch manchmal, Sie haben eine Frau, die ihnen wirklich gut gefällt, bis auf… Manchmal haben Sie den Eindruck, sie weiß wirklich nicht, was sie eigentlich will. Zumindest bringt sie es Ihnen gegenüber nie klar und deutlich zum Ausdruck.
Oder oftmals, wenn Sie Lust auf Sex verspüren, hat sie gerade ganz etwas Anderes im Sinn. Warum zieht sie sich eigentlich manchmal so richtig sexy und verführerisch an und für wen? Wünschen Sie sich nicht manchmal wirklich mehr Klarheit in Ihrer Beziehung und dass sie Ihnen sagt, was sie will und wo es lang gehen soll?
Und haben sie sich nicht schon mal beim Sex vorgestellt, wie sie es mit einem Anderen treibt? Und hat Sie das erregt?

Dann erleben sie auf den folgenden Seiten mit, wie es einem Mann gehen kann, dessen eigene Frau entdeckt, dass sie gerne etwas dominanter sein würde und dass sie gerne auch mal mit anderen Männern ins Bett geht. Erleben sie mit, wie es ihr gelingt, ihren eigenen Mann zu unterwerfen, mich nämlich. Und wie sie es mehr und mehr genießt, mir klar und deutlich zu sagen und zu zeigen, wer bei und das Sagen hat. Teilen Sie die Erfahrungen eines Mannes, der entdecken darf, wie aufregend und erregend es sein kann, von Frauen dominiert zu werden – und wie schmerzhaft zugleich.

- Vielleicht verändert es Ihr Leben!

1. Kapitel: *Vorspiel*   S. 7

2. Kapitel: *Lila macht Lust*   S.15

3. Kapitel: *Ein freies Wochenende*   S.28

4. Kapitel: *Reden ist Silber*   S.47

5. Kapitel: *Ein Ausflug mit Folgen*   S.59

6. Kapitel: *Amigo*   S.80

7. Kapitel: *Mein Geburtstag*   S.86

8. Kapitel: *Überstunden der besonderen Art*   S.100

9. Kapitel: *Der große Moment*   S.122

10. Kapitel: *Wie weit das gehen kann*   S.133

Vorspiel…

Marion und ich heirateten im Winter, genauer gesagt, drei Tage vor Weihnachten. Es war ein wunderbarer, frischer und sonniger Tag gewesen, kalt zwar, aber sonnig. Alle Gäste, Verwandte und natürlich auch Marion und ich waren den ganzen Tag über in Hochstimmung. Wie es sich bei einer Hochzeit eben auch geziemt. Wir hatten auf den Polterabend verzichtet, um mit möglichst vielen Freunden unsere Hochzeit richtig zu feiern, als sogenannte Polterhochzeit. Eigentlich hatten wir nicht wirklich viele Gäste erwartet so kurz vor Weihnachten, aber da sollten wir uns gründlich getäuscht haben. Es wurde eine großartige Feier mit mehr als einhundert fünfzig Leuten.
Und schon an diesem Abend, bei unserer Polterhochzeit durfte ich zum ersten Mal entdecken, dass es mich nicht nur erregte mit meiner Frau zu tanzen und ihren Körper dicht an meinem zu spüren, sondern dass es mich ebenso anmachte, ihr beim Tanzen mit anderen Männern zuzusehen. Ja, es weckte sogar Fantasien in mir, die ich vorher nicht kannte.
Und das kam so: Es war schon ziemlich spät in der Nacht, oder besser gesagt ziemlich früh am Morgen. Unsere Hochzeitsfeier hatte ihren Höhepunkt schon längst überschritten, aber sie war immer noch in vollem Gange. Ich war inzwischen schon so stark angeheitert, dass ich jeden Tanz ablehnte, schon aus Rücksicht auf die Füße meiner

Tanzpartnerinnen. Als ich Marion dabei beobachten durfte, wie sie mit einem ca. einen Meter und fünfundachtzig großen, schlanken und mir völlig unbekannten jungen Mann tanzte. Die beiden harmonierten wirklich sehr gut miteinander. Nach kurzer Zeit, wie sollte es auch anders sein, spielte der DJ, übrigens ein Arbeitskollege Marions, diese langsame Schmusemusik. Und natürlich tanzten die Beiden und einige andere Paare auch weiterhin miteinander. Nun wurde mir zum ersten Mal das Vergnügen zuteil, mit ansehen zu dürfen, wie sich meine Marion, die mir doch gerade eben noch ihr Jawort gegeben hatte, in ihrem vorne sehr kurzem und hinten langem schneeweißen Hochzeitskleid, eng an diesen fremden Mann schmiegte. Eines ihrer in weiße Seidenstrümpfe gehüllten Beine verschwand dabei ständig ziemlich weit zwischen den Beinen dieses jungen Mannes. Beide wiegten und drehten sich langsam zum Takt der Musik. Die Tanzfläche war wirklich ziemlich spärlich beleuchtet und es kostete mich doch einiges an Konzentration, die Beiden durchgehend beobachten zu können. Gebannt starrte ich auf die Tanzfläche, um ja keine ihrer Bewegungen zu versäumen. Langsam strich Marion bei ihrem Engtanz diesem Fremden mit ihrer Hand über seinen Rücken. Wie zufällig ließ sie dabei die Hand immer etwas tiefer gleiten. Ich konnte ihre Berührung beinahe selber spüren, so vertieft war ich in diesen Anblick. Da traten plötzlich ein paar Gäste ins Bild, die die Party verlassen und sich von mir verabschieden wollten.

Meine Sicht auf die Tanzfläche war versperrt. Und so wurde ich unglücklicher Weise von dem weiteren Verlauf dieses wirklich erotisierenden Tanzes meiner Frau und ihres jungen Tanzpartners total abgelenkt.

Als ich kurz darauf endlich wieder freie Sicht auf die Tanzfläche hatte, waren Marion und ihr Tänzer nicht mehr da. Augenblicklich schossen mir Bilder in den Kopf, Bilder von Marion und diesem Fremden, wie sie irgendwo in einer Ecke engumschlungen saßen und miteinander knutschten.

In meiner Fantasie sah ich, wie Marion bereits seine Hose aufgemacht hatte und dabei war, sich seinen harten Schwanz herauszufischen, während er seine Hand an ihrem Oberschenkel entlang unter ihr Kleid wandern ließ. Mit seiner anderen Hand legte er behutsam ihren herrlichen Busen frei. Er griff sich eine ihrer wunderschönen Brüste und saugte daran. Und dann zog er ihr kurzerhand ihr Höschen aus und ließ es in seiner Jackettasche verschwinden. Da, wo normalerweise ein Taschentuch herauslugen sollte, erschien jetzt Marions Höschen deutlich sichtbar für Jedermann. Ich musste mit einem Mal daran denken, wie Marion und ich das letzte Mal so eng miteinander getanzt hatten, wie die Beiden es gerade auf der Tanzfläche taten. Genau wie gerade bei dem jungen Mann hatte Marion auch bei mir damals ihre Hand meinen Rücken hinunter wandern lassen, bis zu meinem Hintern. Und dann hatte sie ihre andere Hand langsam zwischen uns geschoben

und mir genau zwischen meine Beine gefasst. Dann rieb sei an der inzwischen recht groß gewordenen Beule meiner Hose immer auf und ab, während wir von außen betrachtet, einfach weiter tanzten. Ein Erlebnis, das ich wohl nie wieder vergessen werde.
Ich hielt es nicht länger aus, ich stand auf und wollte nachsehen, ob ich die Beiden vielleicht irgendwo in einer eindeutigen Situation erwischen würde. Aber da stand mir Tanja unsere Trauzeugin plötzlich im Weg. „Na das wurde aber auch Zeit, dass Du mich endlich einmal zum Tanzen auffordern willst!" Sie stand direkt vor mir und sah mich mit einem absolut entwaffnenden Lächeln an. Tanja trug immer noch das beigefarbene Kostüm mit der kurzen Hose, das sie schon heute Vormittag bei unserer Trauung angehabt hatte. Nur dass sie inzwischen den Blaser abgelegt hatte und die obersten zwei Knöpfe ihrer Weste, die sie noch über ihrer durchsichtigen Bluse trug, geöffnet hatte. Tanja war etwas über einen Meter und sechzig groß, also gut einen Kopf kleiner als ich. Sie trug keine hochhackigen Schuhe, sodass ich ihr mühelos in ihre ebenfalls oben geöffnete Bluse sehen konnte. Und so stand ich einige Sekunden etwas unschlüssig vor ihr und sah mir ihre wunderschönen Brüste an. „Hast Du nun genug gesehen? Lass uns endlich tanzen!" Tanja zog mich hinter sich her auf die Tanzfläche, ergriff meine Hände legte sich die eine um ihre Hüfte und behielt die andere fest in ihrer Hand. Und im nächsten Moment tanzten wir tatsächlich

miteinander. Tanja bewegte sich mit einer Leichtigkeit zur Musik, dass man es kaum beschreiben kann. Sie zog mich dicht an sich heran und ich bekam jede Bewegung ihrer Hüften deutlich zu spüren. Und sie bekam dabei deutlich zu spüren, wie sehr mich ihr Tanz erregte. „Hey, das spar Dir mal lieber für eure Hochzeitsnacht auf!" lachte sie und ließ mich, noch vor dem letzten Takt der Musik einfach auf der Tanzfläche stehen. Ich brauchte ein paar Sekunden, um mich wieder zu sammeln. Dann blickte ich mich etwas verstört um. Ich erinnerte mich meines eigentlichen Vorhabens und hielt wieder nach Marion Ausschau. Und tatsächlich entdeckte ich sie an der Sektbar. Dort stand meine junge, hübsche Braut in ihrem verführerischen Brautkleid umringt von einigen jungen Männern und schien sich prächtig zu amüsieren. Ich beobachtete das Ganze ein Weilchen von der Tanzfläche aus und entschied mich dann zu ihr und den Herren dazu zustoßen. „Sag mal, wo ist eigentlich Dein Tänzer von vorhin geblieben?" fragte ich sie nach einer angemessenen Pause möglichst beiläufig klingend. Und meine Braut wiederum tat eine ganze Zeit lang so, als wüsste sie nicht, wovon ich sprach, oder wen ich da wohl meinte. Doch dann nach einer Weile, in der sie scheinbar angestrengt überlegen hatte, meinte sie: „Ach der! Der ist schon gegangen, was wir übrigens auch bald tun sollten. Findest Du nicht auch?" Sie strahlte mich an und fuhr mir, wie aus Versehen mit ihrer Hand zwischen meine Beine. Natürlich war mir Marions

Wunsch Befehl und wir verabschiedeten uns relativ schnell von den übrig gebliebenen Gästen. Dann verließen wir rasch und ohne viel Aufheben das Geschehen. Wir ließen die Feier, Feier sein und ein schon nach wenigen Minuten bereit stehendes Taxi brachte uns auf direktem Wege nach Hause. Über die vielen kleinen Aufmerksamkeiten unserer Freunde, die in dieser Nacht in unserer Wohnung auf dem Weg zu unserem Ehebett verteilt waren und uns den Weg ins Bett erschweren oder vielleicht aber auch nur lustiger machen sollten, möchte ich hier nichts weiter sagen. Da hat, so glaube ich jedenfalls, jeder Verheiratete so seine eigenen Erfahrungen gemacht über die er seine eigenen Geschichten erzählen kann. Und falls Ihr dennoch in diesem Bereich noch nach tollen Tipps sucht, fragt Eure Freunde, die haben mit Sicherheit die passenden Ideen, unsere Freunde hatten sie jedenfalls! Trotzdem: Wir sind relativ schnell heil und geil vor unserem Ehebett angekommen. Etwas außer Atem stand ich vor meiner jungen Braut und wir küssten uns. Nach einem langen und innigen Kuss wand sich Marion aus meiner Umarmung heraus und drehte mir ihren Rücken zu. „Hilf mir mal!" Ich öffnete ihr den Reißverschluss ihres Kleides. Sie schob sich die Ärmel über ihre Schultern und das Rascheln von Seide und Tüll erfüllten den Raum als das Kleid zu Boden fiel.
Es kam eine champagnerfarbene Korsage zum Vorschein, die oben direkt bis unter Marions unbedeckte Brüste reichte. Am unteren Ende der

Korsage waren die Strapse, welche Marions weiße Seidenstrümpfe hielten. Aber was war das? Meine mir frisch Angetraute hatte ja gar kein Höschen mehr an. Ich wollte sie eben danach fragen, da machte sie, wie zufällig einen kleinen Ausfallschritt, beugte sich etwas nach vorne und streckte mir ihren prachtvollen Arsch entgegen. Ich vergaß sofort alles Andere rundherum und es wurde eine wirklich verdammt heiße Hochzeitsnacht, dass könnt ihr mir glauben!
Und wenn es doch im allgemeinen immer heißt, Alkohol wäre der Feind in deinem Bett, so war es in dieser Nacht gerade der Alkoholgehalt in meinen Blut, welcher mein Stehvermögen erheblich verlängerte, was ich als überaus positiv empfand und ich glaube Marion auch! Ich vermute auch gerade deswegen wurde es für uns Beide eine Hochzeitsnacht, die wir bestimmt niemals vergessen werden.
Wir liebten uns in dieser denkwürdigen Nacht noch bis zur völligen körperlichen Erschöpfung und in bestimmt allen möglichen Stellungen. Natürlich kam ich Marions Vorliebe von mir geleckt zu werden gerne nach. Ich habe sie in dieser unserer Hochzeitsnacht vorm Ficken ausgiebig geleckt und nach dem Ficken auch und das mit so viel Hingabe und so viel Ausdauer, wie es mir nur möglich war. Marion genoss das sehr und ihr lautstarkes Gestöhne und ihre Lustschreie trieben mich zu Höchstleistung bei meinem Zungenspiel an. Dabei bekam ich zum ersten Mal in meinem Leben den Geschmack von Sperma zu

schmecken, und zwar den meines eigenen Spermas, das mir aus Marions Möse entgegenfloss. Aber auch Marion vollbrachte wahre kleine Wunder in dieser Nacht. Wie sie es jedes Mal wieder schaffte, meinen Schwanz zum stehen zu bringen, war einfach unglaublich! Und als wir dann endlich erschöpft und entspannt nebeneinander lagen, nachdem ich gerade wieder einmal in Marions warmer, weicher Muschi abgespritzt hatte und ich der Meinung war, unsere Hochzeitsnacht neige sich nun wirklich dem Ende zu, da tauchte Marion noch einmal unter die Bettdecke ab und ich bekam ihre weichen Lippen und ihre geschickten Hände abermals an meinem doch schon stark mitgenommenem Pimmel und meinen Eiern zu spüren. Ich schlug die Bettdecke zurück, schließlich wollte ich meiner frisch Angetrauten bei ihrem geilen Spiel zusehen. Und außerdem wollte ich nicht, dass sie unter der Decke wohlmöglich erstickte. Und dann blies Marion mir meinen Schwanz, dass ich glaubte die Englein im Himmel singen zu hören. So hatte sie mir zuvor noch nie einen geblasen. Und ich glaube danach auch nicht wieder. Sie schaffte es tatsächlich, dass ich nach einiger Zeit wieder soweit war und ihr in ihren Mund hinein abspritzte. Langsam kam sie wieder zu mir hoch gekrabbelt. Sie leckte sich die Lippen. „Du schmeckst wirklich gut, mein Schatz! Schade, dass Du mir nur so wenig zu Naschen gegeben hast!" Marion lachte herzlich und ich stimmte in ihr Lachen mit ein.

Lila macht Lust…

Die folgenden Jahre unseres gemeinsamen Ehelebens waren eher geprägt von Normalität und Langeweile als von Erotik und Lust. Mein kleiner Mann bekam in dieser Zeit wesentlich öfter die fünf Finger meiner rechten Hand zu sehen, als Marions geile Möse. Dennoch, oder vielleicht gerade deswegen bekamen wir zwei Kinder, ein Mädchen und einen Jungen, Jessica und Sebastian. Meine Frau, die unsere Kinder zwar sehr liebevoll behandelte, konnte es trotzdem beim besten Willen nicht über sich bringen, nur Hausfrau und Mutter zu sein. Und so ging sie, jeweils schon drei, bzw. sechs Monate nach ihrer Niederkunft wieder zurück an ihren Arbeitsplatz und zurück zu ihren Kollegen.
Zu dieser Zeit hatte ich, Gott sei Dank recht große Freiheiten in meiner Firma, und so konnte ich bis zu einem gewissen Grad meine Arbeitszeit frei einteilen. Und so schafften wir es tatsächlich beide unserem Job nachzugehen und trotzdem unsere Kinder einigermaßen vernünftig groß zu ziehen. Natürlich halfen unsere Eltern uns dabei. Wie gesagt, alles war fürchterlich normal, eigentlich schon fast zu normal. Oder besser gesagt: Doch ziemlich langweilig. Ich sehnte mich nach etwas Abwechslung, nach etwas Geilem!
Ein paar Begebenheiten, die unser Eheleben in diesem Bereich durchaus bereicherten, gab es aber denn doch. Wie zum Beispiel dieses eine

Wochenende. Es war das letzte Wochenende im Februar, drei Jahre nach unserer Hochzeit. Wir hatten es geschafft unsere kleine Tochter bei Oma und Opa unterzubringen, unser Sohn war damals noch nicht geboren.
An diesem besagten Wochenende wollten wir zu einem Event der ganz besonderen Art. Zu *dem* Faschingsereignis im Norden!
Diese, im Hamburger Raum überaus bekannte Faschingsfete richtete sich nicht nach irgendwelchen vorgegebenen Regeln oder Konventionen. Auch Rosenmontag, Faschingsdienstag, Aschermittwoch oder sonstige festen Daten im Kalender der Jecken waren dabei völlig egal. Besagte Fete fand schon seit etlichen Jahren in einer Schule, in der Nähe von Hamburg statt und jedes Mal am letzten Wochenende im Februar. Und sie war für die Freizügigkeit ihrer Besucher berüchtigt. Auf den Werbeplakaten für diese Fete waren nur ein Paar heiße Frauenbeine in Strümpfen und Strapsen zu sehen, trotzdem wusste jeder sofort Bescheid.
Den ganzen Samstag über waren wir nervös und aufgeregt, wie die Schulkinder. Schließlich hatten wir Beide auch schon so Einiges über diese alljährliche Faschingsparty gehört und sind noch niemals zuvor dort gewesen. Und außerdem war es das erste Mal seit fast zwei Jahren, dass wir so Etwas, oder auch nur so etwas Ähnliches, ohne unsere Tochter dabei in der Nähe zu haben, gemeinsam unternehmen wollten.

Marion hatte vor, sich als Schulmädchen zu verkleiden und ich wollte als Scheich gehen. Nachmittags, so gegen fünf Uhr fingen wir mehr oder weniger an uns zu verkleiden. Marion bestand darauf, dass ich ihr nicht beim Verkleiden zusehen dürfte. Also blieb ich im Wohnzimmer und genehmigte mir ein Bier, denn das Bettlaken überwerfen und den Turban aufsetzen, aus viel mehr Teilen bestand mein Kostüm eigentlich nicht, konnte ja nicht so lange dauern. Nach etwas mehr als eineinhalb Stunden kam Marion ins Wohnzimmer. Sie hatte sich ein gelbes, weites Regencape übergeworfen. „Hä, was soll das denn?" fragte ich und muss dabei ziemlich entgeistert ausgesehen haben. Marion wollte sich halb ausschütten vor Lachen, schließlich meinte sie nur: „Du glaubst doch nicht etwa, dass Du mein Kostüm vorher schon zu sehen bekommst. Das kommt gar nicht in Frage!" Daraufhin beschloss ich, mir mein Kostüm erst vor Ort bei der Party anzuziehen, schließlich sollte Marion mich auch erst dann verkleidet zu Gesicht bekommen, wenn ich sie in ihrem Kostüm bewundern durfte. Natürlich waren wir trotz alledem viel zu früh fertig. Naja Marion jedenfalls, ich wollte mit meiner Verkleidung ja bis vor Ort warten.
Es dauerte noch eine kleine Ewigkeit bis wir endlich unser Haus gemeinsam verließen. Und die ganze Zeit über lief Marion in diesem bescheuerten Regencape herum. Sie passte auf wie ein Schießhund, dass ich auch ja nichts von ihrer Verkleidung zu sehen bekam. Einerseits nervte

mich das ganz schön, aber andererseits machte es mich auch ziemlich neugierig darauf, was sie da wohl unter ihrem Cape trug.
Endlich, nach einer längeren Autofahrt und einem überaus nervigem Gesuche nach diesem gut versteckt liegendem Schulgebäude, am Zielort angekommen, durften wir uns in eine lange Warteschlange Kostümierter mit einreihen.
Es war unangenehm kalt an diesem Winterabend. Glücklicherweise hatte Marion zuhause noch das Regencape gegen ihren langen Pelzmantel eingetauscht, nicht ohne peinlichst darauf geachtet zu haben, dass ich sie dabei nicht beobachtete. Und als wir dann endlich den Einlass passiert hatten und unseren Eintrittspreis an der Kasse entrichtet hatten, waren wir doch sehr erleichtert in den gut beheizten Vorraum zu kommen. Wir steuerten direkt den Tresen an, wo man seine Garderobe abgeben konnte. Und da bekam ich dann Marion endlich das erste Mal ganz in ihrem Schulmädchenkostüm zu sehen. Sie sah wirklich umwerfend darin aus, einfach zum anbeißen! Unter dem schon fast unanständig kurzen, dunkelblauen Faltenrock blitzte ein schneeweißes Höschen hervor. Ihre langen Beine zierten schwarze Nylonstrümpfe. Und an ihren nackten Oberschenkeln lugten schwarze Strapse unter ihrem kurzen Röckchen hervor. Dazu zog sie sich jetzt gerade am Tresen wirklich hochhackige, schwarze Lackschuhe an. Ihre offene weiße Bluse, die sie über einem schwarzen Spitzen BH trug, hatte sie sich vorne nur zusammengeknotet. Sie sah

mich neckend an und merkte natürlich sofort, wie überwältigt ich von ihrem Anblick war. Sichtlich erfreut über die Wirkung ihres Auftrittes meinte sie scheinbar beiläufig zu mir: „Na willst Du dich denn nicht auch endlich umziehen?" Ich zuckte erschrocken zusammen. Bei dem Anblick all dieser hübschen Mädchen, Marions Anblick natürlich eingeschlossen, hatte ich völlig vergessen, dass ich mich ja noch gar nicht umgezogen hatte. „Bin gleich wieder da!" rief ich ihr zu, schnappte mir die Plastiktüte mit meinem Kostüm und lief rasch zu der Tür an der ein Zettel mit der Aufschrift: *Umkleideraum Männer* befestigt war. Ich trat ein. Es war dunkel und ich musste kurz nach dem Lichtschalter suchen, fand ihn schließlich und schaltete das Licht an. Der Raum war vielleicht fünf Mal sieben Meter groß und es standen einige Holzbänke und Garderobenständer in ordentlichen Reihen darin. Ich sah mich um und erschrak, denn in der linken hinteren Ecke saßen zwei bereits verkleidete Männer und knutschten miteinander. Der eine trug eine Netzstrumpfhose unter seiner knallengen, mächtig ausgebeulten, kurzen violetten Satinghose. Darüber hatte er ein weit aufgeknöpftes, ebenfalls lilafarbenes Oberhemd an. Und um das Bild abzurunden hatte er pinkfarbene Strähnchen in seinen mittellangen, blonden Haaren. Der andere Kerl hatte ein Schornsteinfeger Kostüm an, an dem besonders die weite schwarze Hose meine Aufmerksamkeit erregte. Auch hier konnte ich deutlich eine mächtige Wölbung im vorderen Bereich erkennen. Die Beiden sahen

kurz zu mir herüber, ließen sich aber durch mich nicht im Geringsten stören und machten sofort wieder weiter. Ich muss sagen, dass mich der Anblick von zwei miteinander knutschenden Männern doch sehr befremdete. In diversen Filmen hatte ich zwar schon öfter sich küssende Frauen gesehen, was ich immer als sehr anregend und ästhetisch empfand. Aber hierbei fühlte ich mich doch irgendwie seltsam. Einerseits war es irgendwie beklemmend, aber andrerseits fühlte ich mich auch irgendwie beteiligt. Ja es machte mich richtig geil diesen beiden jungen Männern zuzusehen. Ich schüttelte meinen Kopf und versuchte mir klar zu machen, wie absurd diese da in mir aufkommenden Gedanken waren. Schließlich wartete draußen ein rattenscharfes Schulmädchen auf mich, bei dessen Anblick wohl jeder Mann sofort schwach würde! Also schob ich die Gedanken an das, was die beiden Männer da miteinander, oder vielleicht sogar mit mir gleich machen würden, weit weg von mir. Ich ging zu einer der Bänke möglichst weit weg von den beiden Protagonisten der Männerliebe an das andere Ende des Raumes und begann mich auszuziehen. Dabei musste ich trotzdem unentwegt zu diesen beiden Jungs rüber starren, die sich so ungeniert miteinander vergnügten. Ich hörte das Grunzen und Schmatzen der Beiden und irgendwie machte es mich doch an, was die Beiden da miteinander trieben.
Jetzt stand der Schornsteinfeger auf. Er stellte sich, mir seinen Rücken zugewandt dicht vor den

Anderen. Es sah fast so aus, als solle er im nächsten Augenblick von seinem Gefährten in dem lila Satinhöschen einen geblasen bekommen. Neugierig versuchte ich in einem der wenigen Spiegel, die an den Wänden hingen, mehr zu erspähen, denn irgendwie wollte ich mir von dieser unglaublichen Szene nichts, aber auch Garnichts entgehen lassen. Und tatsächlich, in einem der Spiegel konnte ich deutlich sehen, dass der auf der Bank sitzende Kerl mit seinem blond, pink gestreiftem Haarschopf den Schwanz des vor ihm stehenden Mannes tief in seinem Mund hatte und seinen Kopf unter Anleitung des Schornsteinfegers, der seinen Zylinder inzwischen beiseitegelegt hatte, fleißig vor und zurück bewegte. Ich stand bestimmt schon ein paar Minuten bewegungsunfähig nur mit meiner Unterhose und T-Shirt bekleidet da und schaute den beiden Männern fasziniert bei ihrem Liebesspiel zu, als der Schornsteinfeger mich plötzlich über seine Schulter ansah und grinsend „Na, willst Du mitmachen?" fragte. „Wer, ich? Äh, nein! Das ist nichts für mich." Stotterte ich und fühlte mich ertappt, denn die große Beule und der feuchte Fleck auf meiner Unterhose verrieten genau das Gegenteil. Schnell holte ich das Bettlaken aus meiner Tüte und warf es mir hastig über. Ich fischte die schwarze Kordel heraus und band sie mir als Gürtel um. Zu guter Letzt setzte ich mir noch den Turban auf und war fertig kostümiert. Als ich meine Straßenkleidung in der Tüte verstaute und mich dabei nochmals verstohlen zu den beiden Männern umdrehte, sah es fast so aus, als würde der Schornsteinfeger jeden Moment abspritzen wollen. Ich schnappte mir hastig meine Sachen und eilte zur Tür. Ein letzter Blick zu den beiden Burschen und ich war am Lichtschalter. Ich schaltete das Licht wieder aus und machte zügig die Tür von draußen zu. Wieder im Vorraum angelangt, schnaufte ich erst einmal kräftig durch. Als ich mich wieder einigermaßen gesammelt hatte, sah ich mir gleich zwei Problemen gegenübergestellt. Das erste: Marion war nirgends zu sehen. Wahrscheinlich war ich doch zu lange in dem Umkleiderum geblieben und hatte mich von den beiden geilen Jungs faszinieren lassen. Sie war bestimmt schon voraus gegangen. Und das zweite, eigentlich viel unangenehmere Problem: Ich hatte keine Tasche in meinem Kostüm. Wo sollte ich mit meinem Portmonee und meinen Autoschlüsseln abbleiben? Ich überlegte hin und her. Schließlich ging ich, so wie ich war nochmal raus zum Auto und bastelte mir aus der Bordbuchtasche die im Handschuhfach lag und einem Gepäckseil, eine Umhängetasche. Als ich dann endlich wieder drinnen beim Tresen angekommen war und meine Sachen abgegeben hatte, kam unversehens der Schornsteinfeger auf mich zu, tätschelte kurz meinen Hintern und raunte mir zärtlich ins Ohr: „Na dann bis bald, mein Kleiner!" Ich wusste, dass ich in diesem Moment rot anlief, trotzdem tat ich so, als hätte ich ihn einfach nicht gehört. Ich sah mich nervös um, ich musste hier jetzt schleunigst verschwinden. Marion musste mir jetzt helfen. Mit ihr an meiner Seite würde niemand mehr mich mit einem Schwuli verwechseln. Aber wo in diesem inzwischen regen Getümmel sollte ich jetzt nach Marion suchen? Egal, ich ging festen Schrittes los in Richtung Festsaal. Ich beschloss, mir erst einmal etwas zu Trinken zu besorgen, denn das war es was ich jetzt dringend brauchte und dann würde ich schon weitersehen. Hauptsache ich entfernte mich vom Foyer und diesem geilen Schornsteinfeger, der mich jedes Mal so unverschämt angrinste, wenn ich unauffällig nachschaute, ob er immer noch da wäre. Ich kam in einen ziemlich großen Saal. Alles war bunt mit Girlanden und Luftballons geschmückt. Eine schier unüberschaubare Menge an Leuten tummelte sich hier inzwischen. Alles tanzte, schnatterte und bewegte sich munter durcheinander. Zum Teil tanzten sie nach der Musik eines lokalen Radiosenders, der hier anscheinend später von der Bühne aus die Musik gestalten würde. Andere zelebrierten ihren eigenen Takt. Zurzeit hatte das Gedudel, welches da aus den Lautsprechern kam, jedenfalls noch eine wirklich angenehme Lautstärke, was sich später dann leider noch ändern sollte. Viele der in allen Regenbogenfarben verkleideten Jungs und Mädels standen aber auch nur rum und unterhielten sich. Es schienen alle Altersgruppen vertreten zu sein. Und die Kostüme, die ihre Besitzer dort zur Schau trugen, waren von schlicht bis pompös, von lustig bis sexy, mit viel Stoff und auch fast ohne Stoff, aber meistens mehr zeigend als verhüllend.

Nach einer kurzen Umschau zur Orientierung steuerte ich geradewegs auf einen Tresen zu, wo ich mir einen der gut gefüllten Plastikbecher mit Bier reichen ließ. Ich wandte mich wieder der Menge zu, nahm einen kräftigen Schluck und ließ die Blicke wieder schweifen und die Eindrücke auf mich wirken. Ich entdeckte wirklich viele ausgesprochen gutaussehende und äußerst spärlich bekleidete Frauen. Einige davon tanzten so eindeutig auf Anmache miteinander, dass ich nur mit Mühe woanders hinsehen konnte, so fasziniert war ich von diesem Anblick. Es kostete mich wirklich eine ganze Menge Überwindung mich wieder auf mein eigentliches Ziel (Marion nämlich) zu konzentrieren. Schon im nächsten Augenblick entdeckte ich einige andere Mädels, die ungeniert mitten auf der Tanzfläche sogar miteinander knutschten. Ich fragte mich ernsthaft, ob heterosexuelle Pärchen hier überhaupt angesagt waren, oder doch eher nicht? Aber auch davon gab es genügend und auch die gingen sehr ausgelassen und locker miteinander um, vielen mir aber nicht so auf.

Nachdem ich verwundert bemerkte, dass mein Bier plötzlich leer war und ich immer noch keine Spur von Marion entdeckt hatte, beschloss ich die Räumlichkeiten näher zu erkunden. Ich durchquerte den Saal an dessen anderem Ende die Bühne war. Rechts davon hatte ich diverse interessante Leute durch eine Tür verschwinden sehen. Ich beschloss ihnen mal zu folgen, um mal zu sehen, warum die alle nicht wieder herauskamen. Und so ging auch ich durch die Tür rechts neben der Bühne auf der: *Matratzenlager, Zutritt nur für Erwachsene!* stand und fand mich im nächsten Moment in einem ziemlich dunklen Raum wieder.

Meine Augen brauchten einige Sekunden, um sich an die Dunkelheit zu gewöhnen. Ich blieb einfach da stehen wo ich stand und kniff meine Augen zu. Hier spielte eine andere Musik als draußen im Saal. Und es herrschte auch eine völlig andere, irgendwie noch Sex geladenere Atmosphäre hier. Ich öffnete meine Augen wieder und begann langsam die Leute um mich herum zu erkennen. Fast alle waren damit beschäftigt sich zu küssen, oder aneinander herumzufummeln. Da entdeckte ich Marion. Sie stand ziemlich genau in der anderen Seite des Raumes an die gegenüberliegende Wand gelehnt. Ihre Haare hatte sie sich inzwischen zu zwei Zöpfen zusammengebunden, was sie noch mehr nach einem Schulmädchen aussehen ließ. Links und rechts neben ihr rekelten sich zwei Mädels, offensichtlich sehr bemüht, meine Frau anzubaggern. Da erkannte Marion mich – leider viel zu früh, wie ich fand. Ich hätte gerne noch ein wenig zugesehen, ob es den beiden Mädels wohl gelungen wäre, Marion zu verführen. Aber sie löste sich sofort von den beiden verführerischen Grazien. Sie gab jeder einen Kuss auf den Mund und kam leichtfüßig und mit beschwingtem Gang zu mir herüber. Da sie überhaupt keine Schwierigkeiten mit der Dunkelheit hatte, drängte sich mir doch die Frage auf, und als sie vor mir stand und mir, genau wie den beiden Mädels zuvor auch einen Kuss gegeben hatte, stellte ich sie ihr auch sofort: „Sag mal Schatz, bist Du schon länger hier?" „Ja, natürlich! Das war doch gleich der erste Eingang. Und ich dachte mir du würdest hier auch als Erstes landen. Aber trotzdem, ich muss sagen, es war ziemlich kurzweilig hier!" Ich verstand zwar zunächst nicht, warum das der erste Eingang gewesen sein sollte, aber das mit der Kurzweile glaubte ich ihr sofort, schließlich habe ich einen Teil davon ja mit eigenen Augen mit ansehen dürfen. Marion führte mich in die von mir aus gesehen rechte hintere Ecke des Raumes. Hier standen ein paar Stühle herum und siehe da, auch eine kleine Bar war hier. Ich verstand diesen Wink, holte Marion einen Sekt und mir noch ein Bier. Und während wir an unseren Getränken nippten, beobachteten wir interessiert die Leute um uns herum. Ich erzählte Marion von meinem Erlebnis in dem Umkleideraum und der Geschichte mit dem Kostüm ohne Taschen. Marion fasste mir dabei mal kurz unter mein Laken. Nur um festzustellen, ob ich mir wirklich die Jeans vor dem schwulen Pärchen ausgezogen hätte, meinte sie. Dann leerte sie ihr Glas in einem Zug, stand auf und stellte sich ganz dicht vor mich. „Komm, lass uns gehen!" Marion streckte mir ihre Hand entgegen, ich ergriff sie und wir gingen Hand in Hand durch den dunklen Raum. Wir kamen an einer riesengroßen runden Luftmatratze, Durchmesser mindestens vier Meter und fünfzig und gut einen halben Meter hoch, vorbei. „Das hier ist die Hüpfburg für Erwachsene!" kommentierte Marion „Hier wird nachher bestimmt der Eine oder Andere mal richtig schön aufhüpfen, was meinst du?" Sie lachte und zog mich weiter. Bis wir am Ende zu einer anderen Tür kamen, die mir bis dahin gar nicht aufgefallen war. Wir gingen hindurch und befanden uns wieder vorne im Foyer. Von hier eroberten wir, diesmal gemeinsam den großen Festsaal aufs Neue. Und das Schulmädchen an meiner Seite bekam in dieser Faschingsnacht nicht nur viele lüsterne Blicke hinterhergeworfen, sondern auch eine Menge Klapse auf ihren kecken Po.

Ein freies Wochenende...

Eines schönen Tages im Dezember, genau eine Woche vor Marions und meinem fünftem Hochzeitstag eröffnete uns mein Chef während eines Meetings, dass er plane die Firmenleitung zu übergeben und in den wohlverdienten Ruhestand gehen wolle. Er plane desweiteren, dieses Ereignis mit einer großen Feier in einem Fünf-Sterne-Hotel zu begehen. Und alle Mitarbeiter, sowie deren Lebenspartner würde er dazu einladen.
Als ich Marion zuhause davon berichtete, tat ich das mit gemischten Gefühlen. Denn erstens, war ich nie ein Freund von diesen Betriebsfeiern gewesen. Ich hatte mich die letzten Jahre, wenn es irgend möglich gewesen war, immer wieder davor gedrückt. Und zweitens, wenn ich mir nach diesen besagten Feiern die Geschichten und Gerüchte von und über meine Kollegen anhören musste, wusste ich, dass ich auch gut daran getan hatte, mich so zu verhalten. Dieses Mal konnte ich mich aber wohl leider nicht drücken. Der Chef hatte persönlich auf unser Erscheinen gedrungen. Er hatte noch einmal ganz besonders darum gebeten, dass seine „alte Mannschaft mit Lebenspartnern" dabei sein sollte. Und da gehörte ich nun einmal dazu.
Es war übrigens das erste Mal, dass Marion und ich gemeinsam zu einer Betriebsveranstaltung gehen würden. Marions Betriebsfeiern, Marion arbeitete schon seit über zehn Jahren in einer kleinen Bankfiliale in unserer Stadt, waren generell

nur für Angestellte und nicht für Angestellte mit Lebenspartnern ausgelegt. Diese Feiern fanden regelmäßig einmal im Jahr statt. Und wenn Marion später davon erzählte, versteht man auch sofort, warum die Lebenspartner nicht mit eingeladen wurden. Die Herren aus der Vorstandsetage, die Direktoren, ja sogar die Abteilungsleiter machten sich über die jungen weiblichen Auszubildenden her, als wenn sie Freiwild wären. In diesen Nächten, in denen sie ihre Betriebsfeiern abhielten, wurde mehr auf den Schreibtischen dieser kleinen Bank herumgevögelt, als in den Betten eines gut besuchten Bordells.

„Und haben die Dich denn noch nie angemacht?" hatte ich Marion mal gefragt. „Doch, aber ich habe den Herren dann immer zu verstehen gegeben, dass ich ja schließlich verheiratet sei." „Aber das sind die doch auch!" „Eben!" meinte sie schnippisch und fügte dem auch nichts weiter hinzu. Dieser Argumentation meiner Frau konnte ich zwar in keinster Weise folgen. Und ehrlich gesagt, habe ich ihr das auch nicht abgenommen. Aber für Marion war das Thema damit vom Tisch gewesen und ich wusste auch nicht wirklich, was ich dem noch entgegenzusetzen hätte.

Ich erinnere mich noch sehr gut an ihre letzte Betriebsfeier. Marion brauchte an diesem bewussten Nachmittag besonders lange, um sich für den Abend aufzubrezeln. Sie hatte deutlich mehr Makeup aufgelegt als üblicherweise. Und mit ihren blutrot glänzenden Lippen wirkte sie schon fast etwas nuttig. Obendrein hatte sie sich ihr langes schwarzes, eng anliegendes Abendkleid angezogen. Dieses Kleid bestand aus so dünnem Stoff, dass es gegen Licht betrachtet völlig transparent war und an der einen Seite hatte es einem hüfthohen Schlitz. Ich konnte an ihrem Oberschenkel den Rand ihrer Strümpfe und die daran befestigten Strapse gut sehen, als sie an mir vorbeirauschte. Etwas später, Marion bückte sich gerade, um Etwas aufzuheben, schimmerte mir ihr nackter Hintern durch das Kleid entgegen. „Ist das nicht etwas zu aufreizend?" entfuhr es mir. Doch Marions Reaktion darauf und der wütende Blick machten mir deutlich, dass ich mich da nicht weiter einzumischen hatte. Also beobachtete ich schweigend weiter, wie Marion sich sorgfältig für ihre Betriebsfeier zurechtmachte und verkniff mir jeden weiteren Kommentar. Ich wartete geduldig ab, bis ihr Taxi ankam, um sie abzuholen. Marion warf sich ihre Pelzjacke über die Schultern und mir eine Kusshand zu. Sie schnappte sich ihr Handtäschchen und im nächsten Augenblick war sie auch schon weg. Ich war an diesem Tag völlig alleine in unserer Wohnung, denn unsere Kinder verbrachten ein verlängertes Wochenende bei Oma und Opa. Marions Parfüm hing noch in der Luft. Und ich muss zugeben, ich war doch ein wenig verwirrt über ihren Auftritt gewesen, oder besser gesagt über den Abgang meiner holden Gattin. Meinte sie wirklich, wenn sie in so einer Aufmachung zu irgendeiner Feier, oder auch nur zu ihrer Betriebsfeier geht, bei der die Frauen eh

schon als Freiwild galten, dass sie da nicht sofort von den Männern angemacht würde? Nein, ich war mir hundertprozentig sicher, dass es genau das war, was Marion bezweckte. Aber wozu? Wollte sie mich eifersüchtig machen, oder brauchte sie es nur mal wieder von einem anderen Kerl? Und wenn ja, würden sie es auf einem der Schreibtische treiben?
Ich ging in die Küche und holte mir ein Bier aus dem Kühlschrank, ging damit zurück ins Wohnzimmer und ließ mich aufs Sofa fallen. Ich nahm erst mal einen kräftigen Schluck und machte mir Musik an. Die Gedanken in meinem Kopf, was Marion wohl gerade so trieb, verschwanden dadurch aber keineswegs, im Gegenteil, im nächsten Moment dachte ich an das Taxi, welches Marion eben gerade abgeholt hatte und den armen Taxifahrer. Irgendwie tat er mir leid. Ob der sich wohl auf den Straßenverkehr konzentrieren konnte, oder ob Marion sich auf ihrem Sitz so platziert hatte, dass er seine Augen mehr im Rückspiegel, als auf die Straße gerichtet hatte? Bestimmt war es so und bestimmt genoss sie es.
Ich malte mir eine Geschichte nach der anderen in meinem Kopf aus. Und ich muss gestehen, es machte mich immer geiler. Schon nach kurzer Zeit musste ich meinen Schwanz aus seiner viel zu eng gewordenen Behausung befreien. Mit offener Hose und steil daraus hervorstehendem Schwanz ging ich durch unsere Wohnung zur Küche und holte mir noch ein Bier. Gut dass mich Keiner so sah!

Als ich wieder auf der Couch in unserem Wohnzimmer saß, hatte sich bereits ein Tropfen Vorfreude auf der Spitze meiner Eichel gebildet. Ich hielt es nicht mehr länger aus. Mit dem Bild im Kopf, wie meine Frau gerade, vornüber einen Schreibtisch gebückt von einem ihrer Kollegen heftig von hinten durchgevögelt wurde, wichste ich mir meinen Schwanz, bis ich im hohen Bogen abspritzte. Über meine Hose verteilt, auf dem Couchtisch, ja sogar auf dem Teppichboden landete mein Sperma. Ich hatte ganz schön zu tun, um alles wieder einigermaßen wegzubekommen. Trotzdem wiederholte ich dieses Spiel an diesem Abend noch zwei, dreimal. Und einige weiterer Biere rannen dabei auch noch durch meine Kehle. Ich schlief längst und registrierte auch nur im Halbschlaf, dass Marion gegen halb vier Uhr morgens von ihrer Feier wieder nach Hause zurückkam. Als ich sie am nächsten Morgen fragte, wie es denn gewesen sei, antwortete sie nur lapidar: „Ganz nett!"

Nun dieses Wochenende, an dem meine Betriebsfeier stattfinden sollte, genau genommen war es eher ein Betriebsausflug, denn wir wurden Alle in ein Vier-Sterne-Hotel in der Nähe von Hannover eingeladen, sollte auf jeden Fall mehr, als nur „Ganz nett!"werden!
Und das alle Mitarbeiter, eben mit Lebenspartnern eingeladen waren, war schon mal ein deutlicher Unterschied zu dem, was Marions Arbeitgeber ihr boten, oder?

Aber auch Marions Kleiderwahl für diese Feier signalisierte das: Sie hatte sich für unseren gemeinsamen Abend einen beigefarbenen Hosenanzug ausgesucht. Und ihr Makeup war auch wesentlich dezenter gewählt, als das, welches sie zu ihrer Betriebsfeier aufgelegt hatte. Nun kann man deswegen aber trotzdem nicht behaupten, sie habe sich unauffällig gekleidet, denn die Hose zu besagtem Hosenanzug war knall eng und unter ihrem nur mit einem Knopf zugeknöpftem Blazer trug sie lediglich eine schwarze Spitzenkorsage.
In dem großen Festsaal, in dem wir uns dann Alle zu der abendlichen Festivität zusammenfanden, standen in der linken Saalhälfte, gut verteilt, diverse große runde Tische, an denen jeweils acht Personen Platz fanden.. Rechts war etwa ein Drittel des Saales unbestuhlt geblieben. Dieser Teil würde offensichtlich später als Tanzfläche vor der doch recht großen Bühne dienen. Marion und ich waren mit die Ersten, und so setzten wir uns auch gleich an einen der vorderen Tische, so dass wir einen guten Blick auf diese Bühne hatten, aber auch schnell und unauffällig verschwinden könnten, wenn es uns irgendwann nicht mehr gefallen sollte. Ein junger Kollege, den ich bisher, wenn überhaupt nur vom Sehen kannte mit seiner überaus attraktiven Begleiterin, setzte sich zu uns. Sie stellten sich uns als Thorsten und Heike vor. Wir unterhielten uns von Anfang an prächtig miteinander. Und so beachteten wir die beiden anderen Kollegen mit ihren Frauen, die sich später noch zu uns an unseren Tisch setzten, kaum. Nach

einem wirklich reichhaltigen Essen mit Bier und Wein betrat eine Band mit gleich drei auffällig hübsch anzusehenden Sängerinnen die Bühne. Marion und ich standen spontan auf und waren so ziemlich die Allerersten auf der Tanzfläche, die Eintänzer sozusagen. Thorsten und Heike kamen nur wenige Minuten später hinterher. Und bald darauf war die Tanzfläche tatsächlich voll mit Pärchen, die alle das Tanzbein schwangen. Die Band spielte wirklich gut und die Mädels auf der Bühne gaben wirklich ihr Bestes! Ich glaube auch die Nichttänzer genossen diese Show in vollen Zügen.
Es war doch schon sehr lange her, dass ich mit meiner Frau getanzt hatte. Und eigentlich tanze ich wirklich nicht gern. Aber an diesem Abend machte es mir richtig Spaß! Nach den ersten paar Tänzen geriet ich allerdings schon gehörig ins Schwitzen. Mir fehlte einfach die Übung. Also ging ich zurück zu unseren Plätzen, um zum Einen mein Jackett auszuziehen und zum Anderen etwas zu trinken. Marion ließ sich davon nicht weiter stören, sie tanzte einfach vergnügt ohne mich weiter.
Unser Tisch war inzwischen leer und verlassen. Die Anderen, die noch beim Essen, mit an unserem Tisch gesessen hatten, hatten sich an die Nachbartische verteilt und unterhielten sich dort angeregt. Diese kleine Verschnaufpause ohne irgendeine andere Person kam mir wirklich sehr entgegen. Ich sah mich in aller Ruhe um und wartete geduldig auf die junge Kellnerin, die dann zu mir heruntergebeugt (was für Titten!) sehr

freundlich meine Bestellung entgegennahm. Und während ich auf mein Bier wartete, ließ ich die Eindrücke dieses Abends auf mich wirken.
Ich entdeckte das eine oder andere bekannte Gesicht und registrierte, dass scheinbar alle bester Laune waren. Die meisten der Herren hatten bereits ihre Jacketts ausgezogen und hi und da hatten sie sich auch schon ihrer Krawatten entledigt.
Einige Tische entfernt entdeckte ich einen unserer Direktoren, der sich, obwohl seine Gattin direkt daneben saß, ungeniert an eine junge Auszubildende ranmachte und sie, wie ich fand, doch recht plump anbaggerte. Und während ich auf meinem Platz sitzend noch immer auf mein Bier wartete, beobachtete ich neugierig und gelassen weiter das Geschehen um mich herum. Die Frau des Direktors, den ich gerade beobachtete, ignorierte ihren Mann und dessen Anzüglichkeiten dem jungen Mädel gegenüber scheinbar, zumindest tat sie so! Sie unterhielt sich angeregt mit einem der Herren an ihrem Tisch, der etwa ihres Alters war, also ca. zehn Jahre jünger, als ihr Gatte. Währenddessen war eine Hand ihres Mannes unterm Tisch offensichtlich bei dem jungen Mädchen gelandet.
„Spannend?" Ich erschrak, drehte mich ruckartig zu der Frauenstimme hin und sah direkt in das Dekolleté von Heikes Kleid. Sie stand zu mir heruntergebeugt, wie eben die Kellnerin und umfasste sanft meinen rechten Arm. „Ich wollte Dich eigentlich nur fragen, ob Du mich zur Sektbar

führen möchtest?" Dabei strahlte sie mich an und kam noch etwas dichter zu mir heran. Ich schaute ihr unwillkürlich sofort noch etwas tiefer in ihr Dekolleté und hatte eine wirklich gute Aussicht auf ihren prachtvollen Busen und sie genoss das scheinbar sichtlich! „Und?" „Oh ja, äh natürlich, gern!" stotterte ich. „Wo sind denn Thorsten und Marion?" „Die tanzen!" Heike richtete sich auf und stand jetzt in voller Größe vor mir. Sie streckte mir ihre Hand entgegen. Ich ergriff sie und wir gingen Hand in Hand in Richtung Sektbar. Einen Moment lang dachte ich noch an die Kellnerin, die mein Bier nun wohl jemand Anders servieren würde. Doch Heike lenkte mich schnell wieder von diesem Gedanken ab. *Eigentlich sollte ich doch sie zur Sektbar führen!* Dachte ich. Doch es war genau umgekehrt, Heike zog mich langsam gehend hinter sich her. Aber das war mir auch ganz lieb so. So konnte ich in aller Ruhe beim Gehen ihren herrlich runden Hintern, in ihrem wirklich kurzem, fast schon zu engen, bronzeglänzendem Satinkleid betrachten. Sie hatte wirklich perfekte Rundungen! Unterwegs warf ich trotzdem kurz einen verstohlenen Blick auf die Tanzfläche und entdeckte Marion und Thorsten auch sofort. Sie tanzten wirklich auffallend gut miteinander. Und ich konnte deutlich sehen, wie viel Spaß es Marion machte, so ausgelassen mit Thorsten zu tanzen.
An der Sektbar angekommen, bestellte ich uns zwei Gläser Sekt und einen Moment später stießen Heike und ich miteinander an. „Ein hübsches Paar, findest Du nicht?" Heike lächelte mich an und ich

wusste natürlich sofort, auf wen sie damit anspielte. Trotzdem fragte ich mit Unschuldsmine und geheuchelter Neugier: „Wen meinst Du?" „Na, Deine Frau und Thorsten!" „Ja, Dein Thorsten ist ein wirklich guter Tänzer." „Das ist er! Und im Bett ist er auch nicht zu verachten!" Mir blieb einen Moment lang die Luft weg und ich war völlig sprachlos. Wieso waren wir denn schon nach zwei Sätzen wieder beim Thema Sex gelandet!? Offenbar schien Heike es darauf angelegt zu haben mich verlegen zu machen. Sie sah mir provozierend mit einem frechen Grinsen direkt in die Augen. Aber was bezweckte sie denn jetzt damit? Zum Einen war sie bestimmt acht bis zehn Jahre jünger als ich. Und zum Anderen war sie doch mit ihrem Thorsten da. Also bitte, was sollte das jetzt? „Wollen wir nicht Brüderschaft trinken?" unterbrach sie meine Sprachlosigkeit und streckte mir ihr halbvolles Glas Sekt entgegen. „Gerne!" antwortete ich immer noch leicht verwirrt über Heikes offensichtliche Anmache. Wir hielten uns unsere Sektgläser entgegen, hakten unsere Arme ineinander und kamen uns dabei sehr nahe. Dann tranken wir unsere Gläser beide in einem Zug leer und ich gab Heike ein Küsschen auf die Wange. „Was soll das denn gewesen sein?!" protestierte Heike, ergriff ohne auch nur eine Sekunde zu zögern meinen Kopf mit beiden Händen und drückte mir ihre weichen Lippen fest auf meinen Mund. Im selben Moment bekam ich ihre feuchte Zungenspitze zwischen meinen Lippen zu spüren.

Ich öffnete meinen Mund bereitwillig und wir küssten uns – richtig, und lange!
Mit zwei vollen Sektgläsern in der Hand kam ich gerade wieder zu Heike zurück, als diese „Ach sieh´ mal an! Wer kommt denn da?" rief. Marion und Thorsten kamen in unsere Richtung. Sie hielt ihn an der Hand und zog ihn langsam hinter sich her, während Thorsten ihr auf ihren Hintern stierte. Ich schmunzelte, erinnerte es mich doch daran, wie es eben ausgesehen haben musste, als ich hinter Heike hinterherlief. „Ach hier seid Ihr! Hätt´ ich mir ja denken können!" schnaufte Marion mit leicht errötetem Gesicht. Sie blieb bei uns stehen und bestellte sich aus der Entfernung per Handzeichen erst mal ein Wasser, während Thorsten zum Tresen weiterging, um für sich und seine Tanzpartnerin, wie es sich gehört, zwei Gläser Sekt zu bestellen. Tatsächlich kam nur ein paar Sekunden später ein junger Mann um den Tresen herum mit einer Flasche Wasser und einem Glas, noch bevor Thorsten seine Sektgläser über den Tresen gereicht bekam. „Wollen wir nicht Brüderschaft trinken, Marion?" fragte er kurz darauf und strahlte meine Frau, die beiden vollen Gläser noch in seinen Händen haltend, an.
„ Das ist eine großartige Idee, wir haben das auch gerade gemacht!" rief Heike dazwischen. Marion warf mir einen kurzen Blick zu, der mir *ach, so ist das also!* zu sagen schien und meinte dann verführerisch lächelnd zu Thorsten gewandt: „Warum nicht!"

Sie nahm Thorsten eines der Gläser ab. Die Beiden hakten sich ihre Arme mit den Gläsern in der Hand ineinander und tranken ihren Sekt in einem Zug aus. Und dann küsste Marion Thorsten kurz auf den Mund. Eben holte Heike Luft, sie schien Marions Kuss kommentieren zu wollen, als ich ihr gerade noch zuvor kam. „Ich glaube wir sollten jetzt wieder tanzen gehen, meinst Du nicht?" Heike strahlte mich an. „Oh ja!"
Wir feierten, tanzten und tranken bis spät in die Nacht hinein. Schließlich, als wirklich nur noch vereinzelt einige Leutchen im Festsaal an den Tischen saßen, und außer uns auch scheinbar niemand mehr tanzen wollte, beschlossen wir die Feier hier zu beenden. Heike und ich gingen schon mal vor. Und als wir gerade aus der Eingangstür zum Festsaal herausgetreten waren und allein in dem großen Hotelflur standen, bot Heike mir völlig ungeniert einen Quickie an. Doch bevor ich auch nur ernsthaft hätte zustimmen können, waren Marion und Thorsten schon zu uns gestoßen. Heike schenkte mir ein zuckersüßes Lächeln und zuckte nur mit den Schultern.
Wir fuhren gemeinsam in den dritten Stock, wo wir unsere Zimmer hatten. Marion schlug vor, noch einen Absacker in unserem Zimmer zu uns nehmen und Thorsten und Heike sagten begeistert zu. Ich schloss die Tür zu unserem Hotelzimmer auf und verschwand sofort Richtung Klo. Ich verspürte schon einige Zeit lang mächtigen Druck und viel länger hätte ich es wohl auch nicht mehr aushalten können.

Schnell zog ich den Reißverschluss runter, holte meinen Pimmel heraus und pinkelte auch schon los. So stand ich nun also vor der Kloschüssel und gab mich der Erleichterung einer sich entleerenden Blase hin, als hinter mir plötzlich die Tür geöffnet wurde. Ich fuhr erschrocken herum und verfehlte dabei mit meinem Strahl das Becken vor mir einen kurzen Moment. Ich pinkelte auf den Fußboden. Heike stand in der Tür, sah mich an und grinste. Sie schloss die Badezimmertür hinter sich ab und schritt langsam auf mich zu. Hastig fummelte ich meinen Schniedel wieder zurück in meine Hose. „Meinetwegen hättest Du ihn nicht wieder einzupacken brauchen!" spöttelte sie, stellte sich direkt neben mich und blickte an mir herunter. „Sieh Dir das an, dadurch hast Du dir jetzt auch noch deine Hose nass gemacht." Meinte sie, immer noch mit diesem Lächeln im Gesicht und rieb mir mit ihrer Hand über meine Hose. Ich wich instinktiv einen Schritt zurück und sie lachte laut auf. Sie ließ ab von meiner Hose und widmete ihre Aufmerksamkeit jetzt der Kloschüssel vor ihr. Sie wischte die Brille ab und zog sich im nächsten Augenblick völlig ungeniert auch schon ihr enges Kleid hoch und sich ihre Strumpfhose und den winzigen Slip herunter. Heike setzte sich auf die Kloschüssel, als wenn ich überhaupt nicht da wäre. Ich stand ziemlich fassungs- und bewegungslos da und starrte sie an. Es dauerte etwa drei Sekunden, dann holte mich das plätschernde Geräusch, das Heikes Pinkeln verursachte, in die Realität zurück. Schnell wand ich mich um und verließ das

Badezimmer. Ich atmete erst einmal tief durch und betrat dann unser Hotelzimmer. Marion und Thorsten standen eng nebeneinander vor unserem Bett und diskutierten gerade heftig über irgendetwas, dass ich nicht verstand. Aber im Spiegel rechts hinter Marion konnte ich sehen, dass Thorsten seine Hand an ihrem Hintern hatte. Es dauerte eine ganze Weile, bis die beiden mich bemerkten. Ich stierte wie gebannt in den Spiegel neben Marion. „Na, Du hast wohl kein Zielwasser getrunken?" grinste Marion mich an und deutete mit einem Kopfnicken auf meine nasse Hose. Sie sah natürlich genau, wohin ich so gebannt blickte, ließ sich aber dadurch in keinster Weise stören. Im Gegenteil, ich hatte eher das Gefühl, als strecke sie ihren Hintern jetzt erst recht seiner Hand entgegen und schmiegte sich dabei auch noch etwas enger an ihn. Offenbar genoss sie es, sich weiterhin von Thorsten ihren Hintern tätscheln zu lassen während ich ihr dabei zusehen musste. Und Thorsten, der ließ sich so eine Einladung natürlich nicht entgehen. Er machte ungeniert von dieser Gelegenheit, die Marion ihm da so freimütig anbot, Gebrauch. Ich verkniff mir jeglichen Kommentar, tat so als wäre ich überhaupt nicht in irgendeiner Weise beteiligt und entledigte mich meines Jacketts. Ich hatte es auf dem Weg vom Festsaal zum Zimmer wieder übergezogen. Und jetzt warf ich es gerade über den Sessel, als Heike auch wieder in unserer Runde auftauchte. „Ah, dann sind wir ja jetzt wieder vollzählig. Also kommen wir nun zur *Last Order* für heute!" Marion löste sich sanft von Thorstens Arm und ging rüber zur Minibar. Doch bevor sie diese öffnete, zog auch sie sich ihr Jackett aus. Thorsten stieß einen bewundernden Pfiff aus. Marion, jetzt oben herum nur noch mit ihrer engen, schwarzen Spitzenkorsage bekleidet, brachte Thorsten und mir ein Bier. Heike reichte sie einen Wein und selbst nahm sie sich ein Wasser. Wir stießen miteinander an und plauderten noch eine ganze Weile lang stehend irgendwelches belangloses Zeug. Es war nicht zu übersehen, dass Thorsten bei Marions Anblick immer geiler wurde. Die Beule in seiner Hose ließ sich kaum noch verheimlichen. Auch Heike hatte das natürlich längst bemerkt. Und sie wusste natürlich auch ganz genau, warum Thorstens bestes Stück sich jetzt so vehement meldete. Und da ich mich im Moment auch mehr um Marion, als um sie, denn ich gebe zu auch mich ließ Marions Outfit nicht kalt, kümmerte, wirkte Heike doch ziemlich gekränkt und wohl auch ein wenig beleidigt. Thorsten und ich standen jetzt beide links und rechts neben Marion, also direkt gegenüber von Heike. Es sah so aus, als könne Thorsten sich nicht mehr länger zurückhalten. Doch als er Marion gerade an ihren Busen grabschen wollte, ergriff die schnell seine Hand und lenkte sie um an ihre Taille. Sie drehte sich jetzt direkt zu ihm und sah ihm lange tief in die Augen. Mir streckte sie dabei provokativ ihr Hinterteil entgegen. Und dann beendete Marion das Ganze plötzlich einfach mit den Worten: „So ihr Lieben, es wird jetzt Zeit für mich und meinen

Mann zu Bett zu gehen. Es war schön mit Euch. - Bis morgen früh beim Frühstück. Gute Nacht!"
Ich brachte Heike zur Tür und gab ihr noch einen Abschiedskuss. Ich fand, den brauchte sie jetzt dringend! Und auch Marion und Thorsten küssten sich, diesmal allerdings etwas inniger als vorhin bei ihrem Brüderschaftskuss. Und diesmal dauerte Marions Kuss auch erheblich länger. Ich streichelte Heike kurz über ihren Hintern und sie schenkte mir dafür ebenso kurz ihr bezauberndes Lächeln. Heike stand bereits auf dem Hotelflur und tippte ungeduldig mit den Füßen auf den Boden, als Thorsten und Marion endlich voneinander ließen. Und dann waren Marion und ich mit einem Mal allein. Und ich sah meiner Frau deutlich an, dass ihr überhaupt nicht nach schlafen zu Mute war. Und offen gesagt, nachdem ich miterleben durfte, wie sie den armen Thorsten eben noch angemacht hatte, wäre ich auch sehr beleidigt gewesen, wenn es für uns nicht noch ein gemeinsames Nachspiel im Bett gegeben hätte. Marion zog sich, mitten im Zimmer stehend, langsam ihre enge Hose aus und streckte mir dabei verführerisch ihren langsam zum Vorschein kommenden, nackten Arsch entgegen. Sofort zog ich mich, hastig und aufgeregt wie beim ersten Mal, ebenfalls aus. Marion verschwand kurz in Richtung Badezimmer und ich sprang aufs Bett und platzierte mich nackt so in Pose liegend, wie einst Burt Reynolds auf dem Tigerfell. Die Bettdecken hatte ich dabei zur Seite geschlagen. Nun erwartete ich meine holde Gattin mit steil aufgerichtetem Schwanz. Es dauerte ein Weilchen,

dann tauchte Marion endlich wieder, mit einem strahlenden Lächeln in ihrem Gesicht, auf. Ihr Höschen hielt sie wedelnd in der Hand und warf es, während sie langsam Schritt für Schritt auf mich zu kam, auf den Sessel zu den anderen Kleidungsstücken. Als sie dann endlich bei mir angekommen war, stieg sie langsam aufs Bett und krabbelte immer noch ganz langsam weiter über mich rüber. Immer weiter; streifte mit ihrer Möse meinen harten Schwanz, und weiter. Bis ich ihre duftende Möse direkt über meinem Gesicht hatte. Marion beugte sich vor und drückte meine beiden Arme, die ich lang über meinem Kopf hielt, fest nach unten gedrückt. Und dann setzte sie sich langsam auf mein Gesicht. Zuerst ganz sanft. Ich streckte meine Zunge heraus und leckte Marions Fotze so gut ich konnte. Dann bekam ich ihr ganzes Gewicht zu spüren. Jetzt saß sie wirklich richtig auf meinem Gesicht und ließ sich ihr nasses Loch noch nasser von mir lecken. Aber schon nach kurzer, ja viel zu kurzer Zeit kam sie wieder etwas hoch, machte eine geschickte Drehung von mir herunter und kniete nun neben mir auf dem Bett, ihren Hintern hielt sie dabei immer noch in Richtung meines Kopfes ausgestreckt. Dieser Einladung konnte ich unmöglich widerstehen. Ich leistete ihr sofort Folge. Doch fickte ich sie nicht gleich hart von hinten, wie sie es offenbar von mir erwartete und wie es auch mein erster Gedanke gewesen war. Nein, ich krabbelte ebenfalls auf allen Vieren hinter sie und leckte ihr weiter ihr geiles Loch. Und dieses Mal ließ ich meine Zunge auch noch in ihr kleines Arschloch fahren. Sie stöhnte laut auf. „Oh Mann ist das geil! Endlich entdeckst Du, dass es auch noch andere geile Löcher gibt bei einer Frau! Und nicht immer nur das eine! So viele Jahre musste ich da drauf warten, mach weiter!" Beflügelt durch Marions geile Aufforderung machte ich mir jetzt meinen kleinen Finger nass und steckte ihn ihr vorsichtig in ihr kleines Arschloch. Gleichzeitig leckte weiterhin ich ihre Möse. Ich lutschte an meinen Fingern, tauschte den kleinen Finger gegen meinen Mittelfinger aus und ließ ihn bis zum Anschlag in Marions Arschloch verschwinden. Zwischendurch steckte ich meine Zunge so tief ich konnte, mal in ihre Fotze und mal in ihr Arschloch. Dann hielt ich es nicht länger aus! Ich kniete mich hinter sie und rammte ihr meinen harten und inzwischen tropfnassen Schwanz in ihre ebenfalls tropfnasse Muschi. Und um ihr zu zeigen, dass ich etwas gelernt hatte, fickte ich gleichzeitig ihr geiles Arschloch mit meinem Daumen. Marion gefiel das sehr. Und das konnten bestimmt auch die anderen Hotelgäste in den Nachbarzimmern gut hören. Ich vögelte sie hart und ohne Pause bis wir beide erschöpft zusammenbrachen. Völlig geschafft, aber selig wie schon lange nicht mehr, schliefen wir gleich darauf ein.

Am nächsten Morgen wurde ich kurz vor Marion wach und holte uns einen O-Saft aus der Minibar ans Bett. Nach einigen schweigsamen Minuten, Marion und ich genossen den kalten Orangensaft, meinte ich zu ihr: „Sag mal, Du hast den armen

Jungen gestern Abend aber ganz schön heiß gemacht!" „Mhm, ja! Da hat die kleine Heike gestern Abend bestimmt auch noch ihren Spaß gehabt. - So wie wir!" Marion schenkte mir ein strahlendes Lächeln und einen feuchten Kuss. „Aber Dich hat das doch auch ganz schön angeturnt, oder vielleicht nicht?" „Was meinst Du?" tat ich unschuldig. „Na Du hast doch genau gesehen, dass Thorsten mir unbedingt an die Wäsche wollte und hast nichts dagegen unternommen. Im Gegenteil, ich glaube es hat Dich noch mehr angemacht, als mich! Oder täusche ich mich da etwa?" „Nö, da könntest Du wohl Recht haben." Diese Unterhaltung wurde mir zwar langsam etwas peinlich und ich begann etwas unruhig zu werden. Trotzdem musste ich zugeben, dass es mich doch schon ganz schön geil gemacht hatte, dieses Spiel, das Marion da mit Thorsten am gestrigen Abend veranstaltet hatte. „Und dann seine Hand an Deinem Hintern! Ich dachte jeden Moment treibt Ihr es miteinander, ehrlich!" entfuhr es mir. „Und das fandest Du geil? Warst Du denn nicht eifersüchtig?" „Beides! Irgendwie war ich schon ein bisschen eifersüchtig. Aber andererseits bin ich ja dabei gewesen. Und außerdem konnte ich Thorsten in dem Moment so gut verstehen, dass er es gerne auf der Stelle mit Dir getrieben hätte!" Wir küssten uns und blieben noch eine ganze Weile lang im Bett.

Reden ist Silber…

Einige Wochen später, an einem wunderschönen Sonntagmorgen, einem Morgen der seinem Namen wirklich alle Ehre machte. Die aufgehende Sonne schien durch unser abgedunkeltes Fenster und erhellte mit ihren Strahlen trotz heruntergelassener Jalousie unser Schlafzimmer. Wir lagen noch Arm in Arm im Bett und genossen unsere ungestörte Zweisamkeit. „Sag mal Schatz, neulich bei Deiner Betriebsfeier, wie ich ´n bisschen mit diesem Thorsten rumgeflirtet habe, das hat Dich doch angemacht, oder?" Da war es wieder, dieses Thema! Irgendwie hing das schon die ganze letzte Zeit in der Luft, seit eben besagter Feier. Marion versuchte es immer wieder auf die eine oder andere Weise. Und ich wusste, Marion würde nicht locker lassen, bis sie nicht eine Antwort von mir hatte. Was sollte ich ihr denn jetzt darauf antworten? Ich entschied mich einfach wahrheitsgemäß: „Ja, und wie!" zu sagen. „Also wenn ich zugelassen hätte, dass er mir zum Beispiel an den Hintern gefasst hätte..." „Aber das hat er doch!" „Stimmt!" Marion grinste, rekelte und streckte sich im Bett, wobei ihre Bettdecke etwas herunter rutschte und ihre wunderschönen, prallen Brüste entblößt wurden. Dieser Einladung konnte ich wieder einmal einfach nicht wiederstehen. Ich beugte mich zu ihr hinüber und begrüßte ihre vorwitzigen Titten mit meinem Mund. Ich leckte abwechselnd um die beiden dunkelbraunen Höfe, bis ihre Nippel richtig schön

hart und steif wurden. Und das war nicht das Einzige, was hart und steif wurde. Und da Marion mich offenbar gerne gewähren ließ, machte ich weiter und saugte, leckte und lutschte an ihren Nippeln. Ich begann ihre wunderbar weichen Kugeln leicht zu kneten. Doch als ich mich gerade auf den Weg weiter nach unten machen wollte, hielt Marion mich auf. Sie zog meinen Kopf mit sanfter Gewalt nach oben und schob ihn weg von sich. „Bevor Du da weitermachst, muss ich erst mal pinkeln. Sonst piescher ich Dir noch in den Mund, mein Schatz!"
Marion schlüpfte schnell unter der Decke hervor und drehte sich gerade weg von mir zum Aufstehen, als ich „Ich auch!" rief und ebenfalls aus dem Bett hüpfte. „Na da freut sich aber einer schon mächtig!" Marion blickte mich lachend an und flitzte dann an mir vorbei als Erste ins Bad. Ich folgte ihr auf dem Fuße und stand wartend vor ihr. Sie saß seelenruhig auf dem Klo und streichelte meinen steifen Schwanz, während sie es plätschern ließ. Ich stand direkt vor ihr, ungeduldig wartete ich darauf selber wasserlassen zu dürfen. Doch Marion dachte gar nicht daran, aufzustehen. Sie spielte mit meiner Morgenlatte herum und schien sich dabei prächtig zu amüsieren. Sie gab ihm einen Kuss auf die Spitze, ließ ihn mal kurz in ihrem Mund verschwinden und knetete sanft dabei meine Eier. Der Druck in meinem Steifen stieg enorm. An Pinkeln war jetzt überhaupt nicht mehr zu denken. Marion merkte das natürlich auch und verschärfte jetzt die Gangart. Sie behielt ihn jetzt

die ganze Zeit über in ihrem Mund und saugte und lutschte schmatzend an ihm, während sie den Schaft schnell und ohne Pause wichste. Dieses Spiel war nicht von langer Dauer. Ich merkte, wie mir die Knie weich wurden und im selben Moment explodierte ich förmlich. Ich schoss ihr mein Sperma in ihren Mund. „Mhm, lecker! Jetzt hatte ich meine Sahne schon vor dem Kaffee." Marion leckte sich die Lippen. „So jetzt darfst Du pinkeln, wenn Du willst." Sie stand auf und gab mir den Weg frei. „Ich geh jetzt erst mal duschen!" japste ich. Marion, die nun direkt vor mir stand, griff sich mit beiden Händen meinen Kopf und gab mir einen langen, intensiven Zungenkuss. Lange, wirklich sehr lange ließen wir unsere Zungen miteinander spielen. „Na, schmeckt doch wirklich lecker, oder mein Schatz?" Marion gab meinen Kopf wieder frei und ich verschwand unter der Dusche. Eine Antwort blieb ich ihr schuldig, aber endlich durfte ich pinkeln. Ich ließ es ordentlich lange laufen und so plätscherten der Duschstrahl und der meine eine ganze Zeit lang um die Wette.
Aber wenn ihr denkt, dieses Thema, das Marion da im Kopf herum spukte, wäre damit vom Tisch, der täuscht sich gewaltig. Auch in der nächsten Zeit fing sie immer wieder irgendwie davon an. Einmal, als wir noch gemütlich am Frühstückstisch saßen, unsere Kinder waren schon zur Schule und im Kindergarten, kam sie zu mir herüber und setzte sich auf meinen Schoß. „Sag mal Schatz, stehst du eigentlich auf Männer?" fragte sie mich ganz leise. Es war wie ein liebevolles Säuseln in meinem Ohr.

Trotzdem traf mich die Frage wie ein Paukenschlag. „Wie kommst Du denn jetzt da drauf? Natürlich nicht!" wehrte ich ihre Frage viel zu vehement ab. Marion merkte das natürlich sofort und meinte fast beiläufig: „Na ja, kann doch sein. Und außerdem, als Du mir damals bei dieser Faschingsparty von diesem Schornsteinfeger erzählt hast, hatte ich schon irgendwie den Eindruck, dass Dich so Etwas auch mal reizen würde." Also irgendwie hatte sie ja tatsächlich Recht damit. Die Szene mit dem schwulen Pärchen in der Umkleidekabine ging mir seit damals wirklich nicht mehr aus dem Kopf. Und wie sie da so auf meinem Schoß saß, ihre Arme um meinen Hals geschlungen und ihre zärtliche Stimme so nah an meinem Ohr, gab ich zu, dass ich das mit der Männerliebe schon irgendwie erregend fand. Aber hübsche Lesbierinnen fänd ich noch viel geiler, fügte ich noch hastig hinzu. Aber darauf wollte Marion an diesem Morgen nicht mehr näher eingehen. Sie hatte die Antwort, die sie haben wollte. Und ich ahnte, dass ich einen Fehler gemacht hatte!

Und schon an einem der nächsten Wochenenden, wir hatten unsere Kinder mal wieder bei Oma und Opa untergebracht, hatte Marion es mal wieder irgendwie geschafft: Wir lagen abends gemütlich bei einer Flasche Wein vor dem Fernseher auf unserem Sofa. Marion verschwand zwischendurch mal kurz im Schlafzimmer. Und als sie wieder kam, hatte sie nur noch einen lilafarbenen mit Spitzen besetzten BH und den dazu passenden

Stringtanga an. Ich war natürlich hell auf begeistert und fing sofort an mich selber auch auszuziehen. „Moment, nicht so schnell mein Lieber! Lass es uns genießen!" sagte sie. „Schenk uns doch erst einmal noch ein Glas Wein ein!" Dieser Bitte meiner Frau kam ich selbstverständlich gerne nach. Und als wir miteinander angestoßen hatten und ich einen kräftigen Schluck Wein genommen hatte, kam Marion langsam einmal um den ganzen Tisch herum zu mir, schob den Tisch ein Stück beiseite und kniete sich vor mir auf den Boden. Sie half mir aus der Hose und streichelte zärtlich über die Beule in meiner Unterhose. Dann drückte sie einen Kuss drauf. Sie setzte sich neben mich aufs Sofa und wir nahmen wieder einen Schluck Wein. Das Fernsehprogramm, das immer noch lief, war inzwischen völlig überflüssig geworden. Und so stand ich diesmal kurz auf, machte den Fernseher aus und stattdessen Musik an. Und als ich mich wieder auf unserem Sofa einfand, hatte ich plötzlich wieder ein volles Glas Wein vor mir stehen. „Danke Schatz!" mir fiel nicht im Traum ein, dass Marion irgendeine Absicht damit verfolgen könnte, wenn sie mir ständig Wein nachfüllte. Und ich merkte auch nicht, dass Marion kaum etwas von dem Wein trank. Marion lächelte mich verführerisch an und wir tranken noch etwas. Sie ahnen sicher schon, was wenig später an diesem Abend passierte: Ich wurde betrunken und meine Frau nicht. Und als der Alkohol meine Sinne benebelt und meine Zunge gelöst hatte, kamen wir auf irgendeine wundersame Weise wieder auf dieses Thema zu sprechen, dass Marion so zu interessieren schien. „Und Du meinst, es würde Dir wirklich nichts ausmachen, wenn ich mit anderen Männern schliefe?" fragte Marion mit einem ziemlich ungläubigen Unterton in ihrer Stimme. Eigentlich hätte ich merken müssen, was sie vor hatte und ein wenig vorsichtig sein sollen, was ich ihr antwortete. Aber der Wein tat seine Wirkung. „So kann man das nicht sagen!" Versuchte ich abzuwehren. „Ich meine nur der Gedanke, Dich mit einem anderen Mann beim Sex beobachten zu dürfen, macht mich schon irgendwie an, - schon immer!" „Und mit einer anderen Frau?" bohrte Marion nach. „Auch!" „Und dann willst Du bestimmt von mir, dass wir so ´n flotten Dreier, oder wie das heißt, machen. Aber das kommt überhaupt nicht in Frage! Jedenfalls nicht mit irgend so einem dahergelaufenen, fremden Weibsstück!" Meine Alarmglocken läuteten jetzt doch noch. Doch Marion war gerade wunderbar in Fahrt, zumindest tat sie so. „Aber eines steht doch wohl mal fest. Wenn Du mich unbedingt mit einem anderen Kerl verkuppeln willst, damit Du uns dann beim vögeln beobachten kannst, dann muss er mir ja wohl zumindest gefallen, oder? Also werde ich mir wohl erst mal in Ruhe ´nen geilen Typen fürs Bett suchen müssen, bevor ich Dir deine abartigen Wünsche erfüllen kann." „Na, das dürfte Dir aber nun wirklich nicht schwer fallen, Schatz!" versuchte ich ihr ein wenig zu schmeicheln und sie damit irgendwie wieder zu beruhigen. „He, Du glaubst wohl, ich hüpfe gleich mit Jedem ins Bett, wie?" Wieder mahnte mich mein Instinkt. Und obwohl ich doch schon ganz schön angeheitert war, gelang es mir irgendwie meine Frau von diesem Thema abzulenken. Jetzt war ich es, der vom Sofa rutschte und auf allen Vieren zu ihr krabbelte. Ich gelangte langsam, aber auf direktem Weg zwischen Marions Beine, die sie bereitwillig weit gespreizt hatte. Ich bewegte meinem Kopf, an der Innenseite von Marions Beinen leckend, behutsam immer weiter nach vorne. Bis ich ihren winzigen Slip direkt vor meinem Gesicht hatte. Marion rutschte mir ein kleines Stück entgegen und schon küsste ich sie leidenschaftlich zwischen ihren Beinen. Ich leckte an ihrem Slip und an seinen Rändern entlang. Dann schob ich den störenden Stoff kurzerhand zur Seite und stieß meine Zunge so tief ich konnte in ihre duftende Möse. Ich leckte mit meiner Zunge an Marions herrlicher Spalte entlang und saugte an ihrem Kitzler. Natürlich vergaß ich nicht auch ihr enges Arschloch zu lecken. Immer wieder saugte ich ihre Schamlippen in meinen Mund und bearbeitete Ihren Kitzler mit meiner Zunge, bis es ihr unter lautem Lustgeschrei kam.

In den nächsten Tagen, meistens morgens wenn wir noch gemeinsam im Bett lagen, lenkte Marion unsere Gespräche immer wieder geschickt auf dieses Thema. Wie es wohl wäre, wenn sie von einem anderen Mann richtig durchgefickt würde. Zum einen wollte sie mich damit scheinbar anmachen, was ihr auch jedes Mal wunderbar gelang. Zum anderen konkretisierte sie damit für

sich stückchenweise ihre Pläne, künftig ungeniert Sex mit einem anderen Mann zu haben.
„Übrigens Schatz, ich hatte letzte Nacht einen Traum. Du und ein fremder Mann, ihr standet bei einer Party etwas abseits und habt euch sehr angeregt miteinander unterhalten. Und dann habt ihr euch plötzlich geküsst, richtig mit Zunge und so! Ich muss sagen, ich bin richtig feucht dabei geworden, Euch Männer beim Knutschen beobachten zu dürfen!" „Aha?" „Ja, ich kann Dich jetzt schon durchaus um Einiges besser verstehen, wenn Du mich unbedingt beim Sex mit anderen Männern beobachten willst." Mir war gar nicht bewusst, dass ich Marion *unbedingt* beim Sex mit anderen Männern beobachten wollte. Eigentlich hatte ich doch nur mal erwähnt, dass es mich anmachen würde, sie in den Armen eines anderen Mannes zu beobachten. Und dass ich nicht unbedingt eifersüchtig wäre, oder so ähnlich. Aber trotzdem, so Poe a Poe begann die Sache Formen anzunehmen und für eine Umkehr oder ein Veto meinerseits war es jetzt wahrscheinlich schon zu spät.
Wieder ein anderes Mal, an eben einem dieser bewussten Morgen im Bett erzählte sie mir: „Bei uns in der Bank haben wir jetzt eine neue Azubine. Das ist vielleicht 'n heißer Feger!" Sie sah zu mir rüber und vergewisserte sich, dass ich ihr auch zuhörte. Dabei streifte sie meine Bettdecke zur Seite. „Und Anja und ich haben sie zu uns an unseren Frühstückstisch geholt. Seitdem findet unser Tisch gleich mehr Beachtung bei unseren

männlichen Kollegen." So ganz nebenbei schnappte Marion sich meinen Pimmel und begann ihn zu massieren. Währenddessen erzählte sie einfach weiter, als würde sie gar nicht merken, was sie da gerade bei mir anstellte. „ Seit letzter Woche spielen wir drei Mädels ein Spiel. Es geht darum, wer als Erste die knackigsten jungen Männer unter den Kunden entdeckt. Wir haben uns da eine Bewertung für die Jungs ausgedacht. Und zwar, von einer Sieben, das heißt: Den würde ich nicht von der Bettkante stoßen, bis hin zur Zehn, dem absoluten Traummann!" „Und um was geht es bei eurem Spiel? Die Siegerin darf mit ihrem Traummann ins Bett gehen, oder so etwas?" presste ich hervor. Ich hatte das Gefühl jeden Augenblick abspritzen zu müssen. „Hey, das ist ja eine geniale Idee von Dir! Das muss ich den Mädels nachher unbedingt gleich vorschlagen. Danke Schatz!" Marion gab mir einen Kuss auf die Wange und verschärfte kurzerhand das Tempo und den Druck mit dem sie meinem Schwanz wichste. Und fast augenblicklich spritzte ich in hohem Bogen ab und Marion hüpfte vergnügt aus dem Bett. Manchmal sollte ich doch lieber meine Klappe halten, aber nun war es schon wieder einmal zu spät dafür.

Beim nächsten Mal fing Marion das Ganze etwas anders an: „Sag mal Schatz, wenn Du davon träumst mit einem Mann Sex zu haben, bist du dann eher der Mann oder die Frau?" Marion brachte das so selbstverständlich heraus an diesem

Morgen, dass ich ohne auch nur im Geringsten darüber nachgedacht zu haben, „Die Frau!" sagte. „Ach wie schön, da haben wir ja noch etwas gemeinsam!" freute sie sich. Und wieder einmal hatte ich das komische Gefühl, einen Fehler begangen zu haben. „Weißt du Schatz, ich glaube, ich werde mal sehen, was ich tun kann, um nicht nur für mich, sondern auch für Dich einen flotten Hengst zu besorgen!" Marion machte es sichtlich Freude sich vorzustellen, wie ein anderer Mann es mir besorgen würde und sie spielte das eine oder andere Szenario schon mal, sozusagen vorsorglich mit mir durch. „Aber Schatz, das funktioniert doch nicht. Dafür fehlt Dir das bewusste Teil, Du weißt schon!" versuchte ich meine holde Gattin von ihren Spielchen abzubringen. Doch das schien sie *gerade* auf Hochtouren zu bringen. Und als wenn sie nur darauf gewartet hätte, sprang sie förmlich aus dem Bett, lief zu ihrem Kleiderschrank und holte einen Umschnalldildo hervor. Ich staunte nicht schlecht, als sie mir triumphierend diesen Gummischwanz präsentierte. „Komm und hilf mir mal!" sagte Marion, kniete sich aufs Bett und hielt sich das Teil vor ihre Muschi. Ich setzte mich auf und half meiner Frau dabei sich diesen Dildo umzuschnallen. Und als ich ihr die Gurte an den Seiten schön festgezurrt hatte, kam Marion sofort provokativ ganz dicht vor mein Gesicht mit diesem Gummiteil. „Sieh ihn dir gut an, Deinen neuen Freund. Der wird Dir in Zukunft noch viel Freude bereiten. Worauf Du dich verlassen kannst, mein Lieber!" meinte sie und grinste mich geil an. „Gib ihm doch schon mal einen Kuss!" Ich betrachtete den lilafarbenen Gummischwanz, der da vor Marions Schoß auf und ab schaukelte, skeptisch. Er maß ca. siebzehn Zentimeter Länge und hatte einen Durchmesser von ungefähr drei Zentimetern. Marion bewegte ihre Hüften. Und der Gummischwanz hüpfte neckisch noch stärker auf und ab. „Na los!" Sie ergriff meinen Kopf mit beiden Händen und zog ihn an sich heran. „Mach den Mund auf!" befahl sie jetzt. Und im nächsten Moment stopfte sie mir auch schon ihren Dildo in meinen Mund. Wieder bewegte sie ihre Hüften. Doch jetzt glitt ihr Gummischwanz dabei jedes Mal tief in meinen Mund hinein und wieder heraus. Nach einer Weile hielt sie inne und meinte: „So jetzt Du! Zeig mir mal, was Du schon so kannst!" Im ersten Moment verstand ich nicht so recht, was sie von mir wollte. Aber sie erklärte mir ruhig, dass wenn sie mir schon einen Mann besorgen müsse, dann sollte ich ihm wenigstens auch anständig einen blasen können. Und so tat ich an diesem Morgen mein Bestes, um meiner holden Gattin zu beweisen, dass ich durchaus dazu in der Lage war, einem Mann seinen Schwanz zu blasen, wenn es darauf ankäme.

Als Marion dann einige Tage später wieder dieses Thema *von mir und meinem flotten Hengst*, wie sie es nannte, beim Wickel hatte, war ich schlauer. Um sie von weiteren peinlichen Fragen oder Aktionen in dieser Richtung abzulenken, fragte ich sie, scheinbar nur so ganz beiläufig: „Was macht eigentlich Euer Spiel in der Bank? Du weißt schon, das mit euren Traummännern?" „Oh das! Das macht uns immer noch irrsinnig viel Spaß. Die Mädels waren übrigens begeistert von Deiner Idee. Wir haben die natürlich noch verfeinert, sprich wir haben die Regeln etwas verschärft und den Gewinn konkretisiert. Wir haben jetzt ein Zeitfenster bis Ostern. Und dann wird die Gewinnerin nicht einfach mit dem Auserwählten ins Bett gehen; nein, die beiden Anderen finanzieren der Siegerin ein komplettes Sexwochenende in einem Vier-Sterne Hotel. Cool, oder?" Ich wusste nicht so genau, ob ich das cool finden sollte, aber schließlich war es ja tatsächlich meine Idee gewesen – irgendwie.

Ein Ausflug mit Folgen…

Hochsommer, es erscheint einem doch gleich irgendwie alles leichter, wenn das Wetter mitspielt!
Übrigens, das Spiel, welches Marion und ihre beiden Kolleginnen in der Bank gespielt hatten, hatte die junge Auszubildende gewonnen. Und nachdem sie das Wochenende mit ihrem Prinzen in einem tollen Hotel im Harz verbringen durfte, auf Kosten von Marion und Anja, versteht sich, haben die drei das Spiel nicht wieder neu angefangen.
Ich hatte mir eine Woche Urlaub genommen. Und wir hatten vor, diese Woche zusammen mit den Kindern mal in den Harz zu fahren und einfach mal gemeinsam einen Kurzurlaub zu genießen.
Natürlich würden wir nicht in das Vier-Sterne Hotel fahren, in dem Marions junge Kollegin sich so richtig schön hat verwöhnen lassen.
„Ach übrigens Schatz, Holger wird uns begleiten. Du hast doch nichts dagegen, oder?" sagte Marion zu mir beiläufig und als wenn es die selbstverständlichste Sache der Welt wäre am Abend vor unserer Abreise beim Abendessen. Sie ließ mir nicht die geringste Chance, auch nur den geringsten Einwand zu äußern.
Im Übrigen war Holger, ein Arbeitskollege von Marion in den letzten zwei Jahren sehr oft bei uns zu Gast gewesen. Man könnte ihn quasi auch als Hausfreund bezeichnen. Die Kinder kamen super mit ihm zurecht. Und das eine oder andere Mal

diente er mir als willkommene Ausrede, mal ein Bierchen mehr zu schlürfen. Also war die Sache abgemacht: Marions Arbeitskollege Holger käme mit in unseren gemeinsamen Kurzurlaub. Später im Bett fragte ich meine Frau: „Was ist denn mit Holgers Frau?" „Ach Du weißt doch, da gibt's schon geraume Zeit Stress zwischen den Beiden. Deshalb will er ja auch gerne mal verschwinden. Und ich habe gedacht, das könnte doch vielleicht ganz nett werden. Und außerdem wären wir vielleicht ab und zu mal etwas ungestörter. " Eigentlich hätte ich sofort skeptisch werden müssen, denn da war es wieder, dieses *ganz nett*, von dem man bei meiner Frau nie so genau zu sagen vermochte, was sie wohl darunter verstand. Aber, da ja sowieso schon alles beschlossene Sache zu sein schien, nahm ich mir vor, das Beste daraus zu machen und meinen Urlaub einfach zu genießen.
Am nächsten Morgen gegen acht Uhr stand Holger vor der Tür. Wir begrüßten uns alle und frühstückten noch gemeinsam, bevor wir Holgers Sachen zu den unseren ins Auto packten. Unsere Fahrt in den Harz verlief ausgesprochen kurzweilig. Holger und Marion saßen hinten. Zwischen ihnen saß unser Sohn und ließ sich von den Beiden unterhalten. Und, was sehr selten bei längeren Autofahrten passiert, er quengelte nicht einmal mehr rum, dass ihm langweilig sei. Unsere Tochter, mit ihren inzwischen zwölf Jahren durfte vorne sitzen und repräsentierte in jeder Minute die aufmerksame Beifahrerin. „Papa, Du fährst schon

wieder zu schnell!" oder „Hier solltest Du lieber nicht überholen!" waren nur zwei der unaufhaltsam aus ihr hervorsprudelnden Kommentare, die ich mir während der gesamten Fahrt anhören durfte. Aber nach, wie bereits erwähnt, wirklich kurzweiligen drei Stunden Autofahrt erreichten wir unser Ziel. Wir hatten im Internet eine kleine Pension gefunden und ich hatte uns telefonisch für heute angemeldet. Der Empfang war so herzlich, als wenn wir schon seit langem zur Familie gehörten. Holger bekam ein Zimmer. Marion und ich bekamen ein Zimmer. Und unsere Kinder bekamen auch ihr eigenes Zimmer. Wir luden unsere Sachen aus und räumten sie in unseren Zimmern gleich in die Schränke ein. Das nahm doch einiges an Zeit in Anspruch. Und wir ließen uns auch gerne diese Zeit. Später trafen wir uns dann draußen auf der Terrasse. Unsere Kinder fanden eine große abschüssige Wiese vor, auf der wir sie zusehends kleiner werden sahen. Und als sie zwar gerade noch in Sicht, aber außer Hörweite waren, schienen sie sich erst richtig wohl zu fühlen. Wir Erwachsenen genossen einfach das schöne Wetter, die schöne Aussicht und den Sekt, den uns die Pensionswirtin zur Begrüßung kredenzte. Eine ganze Weile saßen wir noch auf der Terrasse und unterhielten uns über irgendwelche Belanglosigkeiten. Bis die Kinder auf uns zugestürmt kamen und „Wir haben Hunger!" riefen.
An diesem Abend blieben wir, nachdem wir die Kinder zu Bett geschickt hatten, noch lange in der

äußerst gemütlichen Gaststube der kleinen Pension sitzen und redeten und redeten. Holger erzählte von seiner Ehe und was ihm an seiner Frau alles nicht passte. „Und ewig ist sie eifersüchtig und das völlig grundlos!" Marion hing an Holgers Lippen wie ein Teenager. Ich dagegen fand seine Erzählungen eher langweilig. Und außerdem war ich müde. „Wisst ihr was Leute, ich geh jetzt zu Bett. Ihr könnt ja noch weiter quatschen, wenn ihr wollt." sagte ich und stand auf. „Ja geh ruhig. Ich komm dann nach." Meinte Marion nur. Und Holger nickte mir kurz zu. Also machte ich mich allein auf den Weg in unser Zimmer.
Ich schlief schon fest, als Marion zu mir ins Bett kam. „Wie spät ist es denn?" fragte ich im Halbschlaf. „Weiß nicht. Schlaf weiter!" Ich hatte eine Nacht voller merkwürdiger Träume. In einem dieser Träume saßen Holger, Marion und die Kinder am Frühstückstisch und waren bester Laune. Sie beachteten mich überhaupt nicht, ja sie sahen mich nicht einmal. Es schien, als wenn ich unsichtbar war für die Vier. Ich sagte etwas, aber sie hörten mich auch nicht. Holger benahm sich, als wäre es seine Familie mit der er da am Tisch saß und nicht die meine. Und was das Schlimmste war, meine Frau und meine Kinder machten da scheinbar mit dem größten Vergnügen mit.
Am Morgen wurde ich schweißnass kurz nach sieben Uhr wach. Ich sprang aus dem Bett und ging erst mal unter die Dusche. Diese Nacht hatte mich doch einigermaßen geschafft und ich wollte

diese Bilder von meinem Traum so schnell wie möglich wieder aus meinem Kopf kriegen.
Frisch geduscht und rasiert kam ich zurück ins Zimmer. Marion blinzelte mich aus verschlafenen Augen an. „Was ist denn los?" fragte sie schläfrig. Ich gab ihr zu verstehen, dass alles in Ordnung sei. „Ich habe eben nur schon ausgeschlafen!" Ich zog mich an und machte einen Spaziergang in der herrlich frischen, morgendlichen Sommerluft. Vogelgezwitscher begleitete mich und langsam bekam ich meinen Kopf wieder frei.
Eine gute Stunde später saßen wir alle gemeinsam am Frühstückstisch und planten die Aktivitäten für den Tag. Wir wollten das schöne Wetter nutzen und hatten uns eine Gegend auf einem der Flyer, die in der Pension auslagen, ausgesucht in der man viel Natur zu sehen bekommen sollte. Und sogar eine Höhlenbesichtigung sollte man dort miterleben können, wenn man wollte. Unsere Kinder waren hellauf begeistert von dieser Idee. Wir suchten uns jeder einen kleinen Rucksack, packten das ein, was jeder Einzelne meinte, für den Tag so zu brauchen. Noch etwas Proviant, und dann starteten wir.
Unsere Kinder waren sehr ausgelassen und tobten mit mir in der herrlichen Sommerlandschaft herum. Holger und Marion dagegen waren immer noch, wie schon am Vorabend, in irgendwelche Gespräche vertieft. Langsam trotteten sie uns hinterher. Und der Abstand zwischen Marion, Holger und mir und den Kindern wurde langsam immer größer.

Nach einiger Zeit fanden ich und die Kinder eine Lichtung, die uns wie geschaffen für ein Picknick erschien. Also breiteten wir die Decke, die ich mitgebracht hatte, auf der Wiese aus und holten unseren Proviant heraus. Da kamen Marion und Holger auch endlich bei uns an. Holger hatte den Arm um Marions Hüfte gelegt und die Beiden plauderten lachend miteinander. Sie schienen uns zuerst überhaupt nicht bemerkt zu haben, doch sie gesellten sich dann doch zu uns und picknickten mit uns.
Nach unserem Picknick wollten wir, das heißt eigentlich nur die Kinder, noch unbedingt die im Flyer so farbenfroh und anschaulich angepriesene Höhlenwanderung machen. Zumindest ich war auch bereit diese Wanderung mit den Kindern noch auf mich zu nehmen. Marion und Holger schienen eher des Wanderns müde zu sein. Und so schlugen sie vor, dass meine Kinder und ich uns noch die Höhlen anschauen und Marion und Holger langsam zum Auto zurückgehen würden. Der Höhlenausflug zu dritt kam bei meinen Kindern wirklich unheimlich gut an. Und ich dachte bei mir: *Heute hat Papa mal wieder unheimlich gepunktet!*
An diesem Abend waren Jessica und Sebastian dann auch vollkommen geschafft. Sie verschwanden schon gegen acht Uhr in ihrem Zimmer. Und auch ich war rechtschaffen müde. So lösten wir unsere kleine Dreierrunde schon um viertel nach zehn Uhr auf und gingen auf unsere Zimmer. Nur Holger war scheinbar noch nicht

müde. Er wollte noch ein bisschen die Abendluft genießen und wünschte uns eine gute Nacht. Marion und ich knutschten noch ein kleines Weilchen im Bett herum, bis wir uns dann auch gute Nacht wünschten. Und höchstens drei Minuten später war ich auch schon eingeschlafen. Nachts wachte ich auf und musste zu meiner Verwunderung feststellen, dass ich allein im Bett war. Marion war verschwunden! Ich lauschte, ob sie vielleicht auf Toilette war, vergebens. Ich überlegte kurz, ob ich mich anziehen und sie suchen sollte. Aber wo sollte ich suchen? Und außerdem war Marion erwachsen und ich viel zu müde für so einen Unfug! Aber trotzdem war ich irgendwie beunruhigt.
Am nächsten Morgen stellte ich sie zur Rede. „Sag mal, wo warst Du eigentlich heute Nacht?" „Ich war bei Holger. Wir haben noch ´ne Weile geredet. Du hast ja schon geschlafen und ich war noch nicht müde." „Geredet?" „Ja, Du weißt doch, er hat doch diese Probleme mit seiner Ehefrau. Bist Du etwa eifersüchtig?" Marion sah mich fragend, gleichzeitig aber auch provokativ grinsend, an. „Du, der mich doch unbedingt zum Sex mit anderen Männern animieren möchte!" Der spöttische Vorwurf in ihrer Stimme war nicht zu überhören „Nein, natürlich nicht! Ich wollt ´s nur wissen." Wehrte ich ab. „Also gut: Ja mein Schatz, wir haben nur miteinander geredet! Ich habe ihm allerdings auch von Deinen geilen Wünschen erzählt. Dass Du mich gerne von anderen Männern besteigen lassen würdest. Und dabei zusehen

möchtest, wie sie es mir richtig besorgen. Und Holger meinte, er würde Dir deinen Wunsch gerne als Erster erfüllen!"
Diese Woche Kurzurlaub raste dahin, wie im Fluge. Das Wetter meinte es wirklich gut mit uns. Und so verbrachten wir fast jede Minute am Busen der Natur. Holger schien sich allerdings mehr für Marions Busen zu interessieren, den sie ihm auch gerne offenherzig präsentierte.
Am letzten Tag unseres kleinen und doch recht abwechslungsreichen Urlaubs landeten wir dann abends in einer Dorfschänke, was sag ich, in *der* Dorfschänke! Es war so gegen acht Uhr am Abend und wir wollten uns ein gemeinsames Abendmahl gönnen. Die Küche dieses Hauses wurde allenthalben in den höchsten Tönen von der einheimischen Bevölkerung und auch den Touristen gelobt. Und da wir es bisher noch nicht ein einziges Mal geschafft hatten, hier zu essen, war dies sozusagen unsere letzte Gelegenheit. Das Gebäude ähnelte einem alten Bauernhaus. Wenn man um das Haus herumging, befand sich hinter dem Gasthaus noch ein großer Saal. Seit neunzehn Uhr dreißig fand hier am heutigen Tag schon eine „Jugend-Disco" statt. Später, ab zweiundzwanzig Uhr dreißig hieß es dann nur noch „Disco". Und ab ein Uhr dreißig „Tanz". So stand es jedenfalls auf dem bunten Plakat am Eingang zu lesen. Die Kinder hatten mit einem Mal gar keinen solchen Hunger mehr und zumindest unsere Tochter wollte am liebsten sofort zu dieser Jugenddisco hin verschwinden. Wir

konnten beide Kids dann aber doch noch für die Zeit eines kurzen, hastig herunter geschlungenen Abendbrots an unserem Tisch halten. Danach waren die Beiden auf und davon. Und wieder einmal saß ich mit Holger und Marion zusammen an einem Tisch. Wir hatten jeder ein Glas Wein vor uns. Marion und Holger fingen auch sofort wieder an, sich über ihre Arbeit zu unterhalten: Über Kollegen, über Ereignisse in der Bank und, und, und. Dazu konnte ich nun aber am Allerwenigsten beitragen und ich verspürte auch nicht die geringste Lust dazu. Also trank ich mein Glas in einem Zug leer, stand kurzerhand auf und verabschiedete mich für die Dauer eines Spaziergangs in der lauen sommerlichen Abendluft von den Beiden. Es war herrlich, wirklich herrlich draußen! Ich spazierte langsamen Schrittes um den Gasthof herum. Die Jugenddisco war allem Anschein nach in vollem Gange. Einige junge Pärchen standen oder saßen etwas abseits und knutschten hemmungslos miteinander herum. Aus dem Saal dröhnte dumpf die Musik. Die jungen Mädchen, die in kleinen Grüppchen direkt im Licht des Gasthofs dicht am Eingang herumstanden, waren ausnahmslos sehenswert. Sie trugen entweder sehr kurze Röcke oder hautenge Hosen. Das warme Sommerwetter ließ die Mädels obendrein auch oben herum sehr freizügig herumlaufen. Diese jungen Mädchen versprühten mehr Sexappeal, als für einen Mann zu ertragen war. Das fanden die jungen Burschen offensichtlich auch, mehr als einmal mussten sie

sich zwischen ihre Beine fassen, um sich ihre Glieder zurechtzurücken.
Ich kehrte dieser abendlichen Szenerie aber recht schnell wieder den Rücken und spazierte eine Weile lang in den Ort hinein. Ab und zu konnte ich ein paar Leute beim Grillen in ihren Gärten erspähen, aber Alles in Allem war es sehr ruhig überall. Ich atmete die warme Nachtluft ein und schaute in den sternenklaren Himmel. Meine Gedanken kreisten um die jungen, wirklich geil anzusehenden Mädels vor dem Gasthof. Ob ich da einfach auch mal reingehen sollte? Aber nein, ich wollte meine Kinder doch nicht kompromittieren. Allmählich führte mich meine Wanderung wieder zu dem Gasthof zurück. Jetzt kamen mir plötzlich Marion und Holger in den Sinn. Wie hatte Holger das wohl gemeint, er würde mir meinen Wunsch gern als Erster erfüllen? Hatte er es auf meine Frau abgesehen, jetzt wo es mit seiner eigenen nicht mehr so recht klappte? Und wenn, dass hätten sie doch schon lange haben können auf einer ihrer sogenannten Betriebsfeiern, oder so. Oder hatten sie es vielleicht schon längst miteinander getrieben? Ich war wieder beim Gasthof angelangt. Geräuschlos öffnete ich die Eingangstür und trat ein. Ich erschrak. Wie angewurzelt blieb ich in der Eingangstür stehen und sah, wie Marion und Holger nebeneinander auf der Bank saßen. Und anscheinend hatten sie wohl inzwischen alles um sich herum vergessen, denn sie knutschten heftig miteinander herum. Fast genauso, wie die Jugendlichen hinterm Haus! Marion hatte beide

Arme um Holgers Hals geschlungen. Mit einer Hand hielt sie dabei seinen Hinterkopf und wuschelte zärtlich mit ihren Fingern in seinen Haaren. Indessen erspähte ich Holgers linke Hand an ihrem Busen.
Einige Sekunden stand ich bewegungslos in der Eingangstür und beobachtete die Beiden. Dann machte ich einen hastigen, aber möglichst lautlosen Schritt rückwärts und war im nächsten Moment wieder draußen vor der Tür. *Was war das denn?* Die Gedanken wirbelten wild durcheinander in meinem Kopf. Was sollte ich denn jetzt tun? Meine Frau betrog mich offensichtlich mit ihrem Kollegen. Und zwar so offensichtlich, offensichtlicher ging es ja schon mehr! Oder sollte das etwa zu ihrem Spiel gehören, welches sie mit mir zu spielen gedachte? Ich wusste irgendwie Garnichts mehr. Aber irgendwie wollte ich diese Sache jetzt auch nicht weiter hochspielen. Schließlich waren wir zusammen mit unseren Kindern hier. Und einen Ehekrach konnten wir jetzt wohl Alle am allerwenigsten gebrauchen. Also ging ich ein paar Schritte auf und ab und atmete dabei tief durch. Dann ging ich wieder zum Eingang. Diesmal machte ich bewusst einen ziemlichen Krach beim Eintreten. Und als ich diesmal wieder drinnen in der Gaststube stand und zu Marion und Holger hinsah, saßen die beiden nicht mehr nebeneinander, sondern über Eck am Tisch und unterhielten sich fröhlich miteinander. Holger sah zu mir herüber. „Ah da bist Du ja wieder. Frau Wirtin, bringen Sie uns noch ein

Bier!" rief er. Und er schien wirklich bei bester Laune zu sein. Nichts deutete auch nur im Entferntesten auf die Szene von eben hin. Jetzt war ich völlig verdattert. Hatte ich eben etwa nur fantasiert? Marion und Holger ließen sich bei ihrer Unterhaltung nicht weiter von mir stören, auch von meiner Verwirrung bekamen sie anscheinend nichts mit. Also ließ ich es dabei bewenden, auch wenn es noch eine ganze Weile dauerte, bis ich überhaupt wieder etwas von dem, worüber sich die Beiden unterhielten, mitbekam.
Gegen zweiundzwanzig Uhr dreißig kamen unsere Kinder von ihrer Disco fröhlich und ausgelassen in die Gaststube gepoltert. Ich war, scheint's der Einzige, der nicht ausgelassen und fröhlich war an diesem Abend. Kurz darauf machten wir uns dann aber doch alle gemeinsam auf den Rückweg zu unserer Pension.
Unsere Kinder waren tatsächlich ziemlich geschafft und verschwanden sofort glücklich und die ganze Zeit über miteinander tuschelnd Richtung Zimmer. Wir hörten sie noch eine Weile von oben her kichern, aber schon kurz darauf wurde es still. Auch wir Erwachsenen beendeten unseren letzten Urlaubsabend zeitig.
Als Marion und ich dann endlich im Bett lagen und kein Mucks mehr zu hören war, langte mir meine holde Gattin unter meiner Decke an meinen Schwanz. Sie bearbeitete ihn geschickt und unablässig mit ihrer Hand. Natürlich wehrte ich mich nicht. „Na hat´s Dir gefallen, so als kleiner Spanner, Holger und mich beim Küssen heimlich

zu beobachten?" flüsterte sie mir ins Ohr. Ich zuckte zusammen. Also war es doch wahr gewesen und ich hatte nicht fantasiert! Sofort hatte ich wieder das Bild von Marion und Holger auf der Bank im Gasthof vor Augen. Ich muss gestehen, dass es mich in diesem Moment sehr geil machte. Und Marions Fingerspiel an meinem besten Stück tat sein Übriges. Plötzlich hörte sie auf damit und stand auf. Völlig sprachlos und verdutzt sah ich sie fragend an. Sie nickte in Richtung meines harten, zuckenden und kurz vorm Abspritzen stehenden Schwanzes und meinte mit einem leisen und spöttischen, ihre Lippen umspielenden Lächeln: „So mein Schatz, den Rest schaffst Du auch schon selber. Ich geh jetzt nämlich mal zu Holger rüber und werde mich ordentlich von ihm durchficken lassen!" Sie warf sich ihren kurzen Kimono über ihren nackten Körper und war im nächsten Augenblick auch schon durch die Tür hinaus gehuscht. Wieder war ich total fassungslos. Das schien an diesem Abend zum Dauerzustand bei mir zu werden. Ich kam mir vor wie im Kino. Eigentlich wäre ich Marion sofort nach gegangen oder hätte wenigstens versucht, sie aufzuhalten. Vielleicht verarschte sie mich ja auch nur wieder einmal. Aber mit diesem Ständer traute ich mich nicht vor die Tür. Mein armer Schwanz verlangte jetzt zuerst einmal nach seinem Recht. Ich legte mich also zurück, schloss die Augen, malte mir Holgers verdutztes Gesicht aus, wenn Marion den Kimono vor ihm fallen ließ und ihn zum Ficken aufforderte und holte mir dabei einen runter.

Irgendwie dauerte es aber erheblich länger, als ich dachte, bis es mir endlich kam. Und ich mir eine gehörige Ladung auf meinen Bauch spritzte.
Ich war nervös, aufgeregt und zitterte am ganzen Körper. Dass ich eben einen Orgasmus hatte, was mich doch eigentlich hätte etwas entspannen sollen, änderte Garnichts daran.
Ich musste jetzt einfach hinter Marion hinterher spionieren. Ich wollte jetzt wirklich Gewissheit haben. Trieb sie es wirklich hinter meinem Rücken mit anderen Männern? Naja, eigentlich nicht hinter meinem Rücken, sondern eher mit Ansage, direkt unter meinen Augen, oder?
Schnell sprang ich aus dem Bett. Im Badezimmer wischte ich mir mit einem der Handtücher mein Sperma von Brust und Bauch. Dann zog ich mir hastig die Jogginghose an und ein T-Shirt über und verließ ebenfalls unser Zimmer. Auf dem Flur war alles dunkel und still. Ich blieb eine Weile regungslos stehen und lauschte. Ganz leise vernahm ich Marions und Holgers Stimmen am anderen Ende des Flures. Das klang aber mehr nach einer der üblichen Unterhaltungen, als nach Sex. Trotzdem schlich ich mich den Flur entlang zu Holgers Zimmer. Ich war viel zu neugierig, um jetzt wieder umzukehren. Barfuß, verunsichert, aber irgendwie angespannt und geil stand ich nun vor Holgers Zimmertür. Ich legte mein Ohr an die Tür. „Ich sage Dir, der kleine Scheißer guckt jetzt bestimmt schon durchs Schlüsselloch!" hörte ich Marions Stimme. „Mal sehen!" Im nächsten Augenblick bewegte sich die Türklinke. Ich

huschte zur Seite und stand jetzt mit angehaltenem Atem und dem Rücken zur Wand neben der Tür, aber nichts tat sich. „Sei nicht albern Holger. Komm lieber wieder her zu mir und zieh Dich endlich aus!" Marions Stimme klang belustigt. Jetzt schlich ich mich wirklich zum Schlüsselloch und spähte hindurch. Ich sah gerade noch, wie Holger, seinen Hintern in meine Richtung haltend, sich seine Hose runter zog. Er hatte nichts drunter. Er warf die Hose achtlos beiseite und ging langsam Richtung Bett. Leider konnte ich nicht viel von seinem Zimmer sehen. Ich sah nur einen kleinen Teil davon. Vorm Bett, auf dem Marion offensichtlich saß, lag ihr Kimono. Ich konnte gerademal die Bettkante über die sie ihre nackten Beine herab hängen ließ sehen. Sonst konnte ich nichts von meiner Frau sehen. Holger ging sehr langsam Schritt für Schritt in Richtung Bett. Er schien es zu genießen, meiner Frau, die wie ich ja wusste ebenfalls nackt war, auf diese Weise immer näher zu kommen. Ich konnte seinen harten hoch aufgerichteten Schwanz beim Gehen wippen sehen. „Na, gefällt er Dir?" Er blieb dicht vor der Bettkante stehen. „Hm oh ja, Du hast wirklich einen hübschen Schwanz!" Ich bekam jetzt auch Marions Kopf zu sehen. Sie beugte sich vor, gab Holgers Steifen einen Kuss auf seine Spitze und fuhr dann mit ihrer Zunge um seine Eichel herum. Und im nächsten Moment ließ sie sich Holgers harten Penis von ihm in ihren Mund stopfen. Er hielt ihren Kopf dabei mit beiden Händen und stieß ihr seinen Schwanz wieder und wieder tief in ihren

Mund. Marion hatte dabei ihre Hände in seine Arschbacken gekrallt und blies ihm voller Hingabe seinen Schwanz. Nach einer Weile entzog er ihr dann aber zärtlich sein bestes Stück und küsste sie. Dann rutschte Marion rückwärts aufs Bett und aus meiner Sicht. Holger folgte ihr.
Unfähig noch irgendetwas von den Beiden zu erspähen, drehte ich meinen Kopf und lauschte jetzt am Schlüsselloch. „Nimm mich, Holger! Fick mich jetzt richtig!" Marions lustvolles Stöhnen und das rhythmische Geräusch von überbeanspruchten Bettfedern ließ keinen Zweifel darüber aufkommen, was die Beiden dann miteinander trieben!
Ich war entsetzt und gleichzeitig machte es mich auch sehr geil, was ich da hörte. Meine Fantasie mahlte Bilder, Bilder von Marions Möse und Holgers überdimensionalem Schwanz, der ihre Möse hart und bis zum Anschlag bearbeitete.
Ich kam langsam und etwas mühselig hoch, sah mich um. Gott sei Dank, niemand war zu sehen! Ich huschte so lautlos und schnell ich nur konnte über den Flur zurück zu unserem Zimmer. Mein Schniedel war natürlich schon wieder mächtig angeschwollen. Im Zimmer angekommen, zog ich mich sofort aus und warf meine Klamotten achtlos auf den Fußboden. Ich schmiss mich aufs Bett und begann mir sofort, mit dem Bild von Holgers Schwanz und wie der jetzt in Marions Fotze arbeitete vor Augen, wieder einen runter zu holen. Nach zweimaligem Abspritzen und Säubern war ich immer noch total erregt. Mein Kopf fing an zu

arbeiten. Was sollte aus dieser Dreierbeziehung wohl werden? Oder hatte Marion sich am Ende in Holger verliebt? Ein Geräusch! Ich lauschte. Doch es war mucksmäuschenstill. Ich kletterte noch einmal aus dem Bett. Diesmal zog ich mir nur den Bademantel über, machte die Tür auf und lauschte in den Flur hinein.

Auch von hier aus war beim besten Willen nichts zu vernehmen. Waren die Beiden schon fertig miteinander und eingeschlafen, oder was war da los? Ich schlich noch einmal den Flur entlang zu der Tür von Holgers Zimmer. Ein Blick durchs Schlüsselloch zeigte mir lediglich, dass es noch nicht ganz dunkel war in Holgers Zimmer, mehr war nicht zu sehen. Ich hielt wieder mein Ohr ans Schlüsselloch und hörte - nichts. Ich kann noch nicht einmal sagen, ob ich in diesem Moment eher enttäuscht oder erleichtert war. Jedenfalls schlich ich abermals über den Flur zurück in mein Zimmer und legte mich wieder zu Bett.

Es wurde eine unruhige Nacht. Immer wieder wachte ich auf, nur um festzustellen zu müssen, dass Marion noch nicht wieder da war. Der Morgen graute und mir graute vor dem Morgen. Es half nichts, ich stand auf, duschte, zog mich an und sah auf die Uhr. Verdammt es war noch vor sechs Uhr morgens. Dennoch, es hatte keinen Zweck, weiter zu warten. Und ich konnte auch beim besten Willen nicht mehr einschlafen. Also packte ich schon mal unsere Sachen zusammen, schließlich würden wir nachher gleich abreisen. Dann brachte ich alles, so leise ich konnte runter zum Auto und

verstaute es. Marion ließ ich ihre Schminksachen und einmal Etwas zum Anziehen im Zimmer. Und den Schlüssel ließ ich auch oben, von innen in der Tür stecken. Ich machte einen Spaziergang in der frischen, sommerlichen Morgenluft. Aber es half nichts! Ich war irgendwie völlig neben mir. Ich überlegte, einen Schnaps zu trinken, während ich wieder bei unserer Pension eintraf und in den Frühstücksraum ging. Meine Kinder saßen bereits am Tisch und sahen mich fragend an. „Wo kommst Du denn her?" „Ach wisst Ihr, ich konnte nicht mehr schlafen und da bin ich noch mal ´ne Runde spazieren gegangen." „Und Mama schläft noch?" „Ja!"
Ein paar Minuten später, meine Kinder und ich hatten bereits mit dem Frühstück angefangen, kam Holger und setzte sich zu uns. Noch einige Minuten später erschien Marion. Sie sah großartig aus und strahlte uns alle an. „Guten Morgen ihr Lieben!" Sie setzte sich, wie jeden Morgen, mir gegenüber neben Holger an den Tisch, nur dass sie ihm heute Morgen zur Begrüßung einen Kuss auf den Mund gab. Aber außer mir hatte das scheinbar Niemand bemerkt. Wir frühstückten alle gemeinsam gut gelaunt und ausgelassen miteinander. Und ich fragte mich, wer hier am Tisch wohl der beste Schauspieler war. Nach dem sie ihr Frühstück beendet hatten, wurde es unseren Kindern langweilig weiter mit uns am Tisch zu sitzen. Also schickte ich sie zum packen ihrer Sachen nach oben.

Und als die Kinder verschwunden waren, verkündete Holger freudig, dass er sich von seiner Frau trennen werde. „Hat das was mit letzter Nacht zu tun?" fragte ich ihn, und sah ihn gespannt und misstrauisch an. „Nein, oder doch, vielleicht, ich kann das nicht so genau sagen!" Holger schien von meiner Frage völlig aus der Fassung gebracht worden zu sein. „Also Holger und Ulrike werden sich trennen und wir uns nicht, oder was sollte diese bescheuerte Frage?" mischte sich Marion ein und sah mich dabei etwas verständnislos und unsicher lächelnd an. Ich zögerte, sah mir abwechselnd Holger und Marion an. Marions Lächeln gefror. „Holger und Ulrike werden sich trennen, wir uns nicht. Oder?" wiederholte sie jetzt in deutlich schärferem Ton und musterte mich dabei sehr genau. „Nein, wahrscheinlich nicht! Oder vielleicht doch, ich weiß es auch nicht so genau!" ahmte ich Holger nach, stand auf und ging.
Bis zur Abfahrt sprach ich weder mit Holger noch mit Marion ein Wort. Ich ging ihnen so gut es ging aus dem Weg. Wir verstauten all unsere Sachen im Auto, ich bezahlte die Rechnung an der Rezeption der Pension, setzte mich ans Steuer unseres Wagens, wartete bis jeder auf seinem Platz saß und wir fuhren ab.
Die Fahrt verlief ähnlich wie die Hinfahrt. Marion, Holger und die Kinder vertrieben sich die Zeit mit allerlei dummem Zeug und ich fuhr. Die kleinen Maßregelungen meiner Tochter überhörte ich

einfach und so ließ sie mich nach einer gewissen Zeit einfach ohne weitere Kommentare fahren. Als Marion und ich spät am Abend allein in unserem Schlafzimmer waren, bekam ich was zu hören. „Was fällt Dir ein, vor Holger den gekränkten Ehemann zu spielen?! Ich erkläre ihm lang und breit, dass ich nur mit ihm ins Bett gehe, um Deine abartigen sexuellen Gelüste zu befriedigen – Und dann so etwas!" Ich hatte keine passenden Gegenargumente. „Und dass es Dich sehr wohl aufgegeilt hat, habe ich sehr deutlich an den Spuren auf Deinem Bettlaken und im Badezimmer gesehen!" „Ja, aber ich sollte doch dabei sein, wenn Du es mit einem Anderen treibst, oder?" Warf ich zaghaft ein. „Das kannst Du ja wohl erst mal vergessen! Denn bevor ich das nächste Mal einen Mann wieder soweit habe, dass er Dich dabei sein lässt, und vor allem, bevor *ich* wieder soweit sein werde, werde ich mich vorher ausgiebig mit ihm vergnügt haben! Und dann, später vielleicht, darfst Du eventuell mal daran denken uns beim Ficken zu spannen. Bei Holger und mir wird jedenfalls garantiert nichts mehr daraus!" Marion war sehr aufgebracht und überaus konzentriert bei dem, was sie da von sich gab. Und ich merkte, dass sie es ernst meinte, sehr ernst! Nach ihrer Rede, die wie die Maßregelung einer Lehrerin an ihren Schüler wirkte, zog sie sich ihr Höschen aus und setzte sich auf die Bettkante. Sie spreizte ihre Beine, winkte mich heran und deutete mit ihrem Zeigefinger zwischen ihre Beine. Ich verstand diese Aufforderung sehr gut und ging vor ihr auf die Knie. Sie griff mir fest in die Haare und zog meinen Kopf direkt an ihre Möse. Ohne ein weiteres Wort begann ich sie zu lecken, wobei sie ab und zu meinen Kopf kräftiger an den Haaren an sich heran zog. Ich leckte und saugte an ihrer Möse, an ihrem Kitzler und bohrte meine Zunge so tief ich konnte in ihre geile Fotze. Ich spürte, wie Marion sich zurückfallen ließ auf unser Bett. Eifrig leckte ich sie weiter, bis sie einige lautstarke Lustschreie ausstieß und sie sich entspannte. Dann robbte sie einfach rücklings ein Stückchen weiter hoch zu ihrem Kopfende, stieß mich weg und deckte sich wortlos zu.

„Sag mal, Schatz! Hattest Du nicht vor Reisebeginn gesagt, wir wären ungestörter während unseres Urlaubs?" versuchte ich noch ein letztes Mal herauszufinden, was da eigentlich in der letzen Woche passiert war. „Ja, Holger und mich, meinte ich damit natürlich, was dachtest Du denn?"

Amigo…

Einige Wochen später passierte dann noch Etwas, dass ich hier nicht unerwähnt lassen möchte. Es sollte meine Bereitschaft ungemein steigern, es meiner Frau gerne zu ermöglichen, ihre sexuellen Fantasien mit anderen Männern auszuleben. Oder waren es meine Fantasien?
Wir wurden, Holger hatte sich inzwischen übrigens tatsächlich von seiner Frau getrennt und bewohnte jetzt eine kleine Wohnung unweit unseres Hauses, zu einem Polterabend einer Kollegin Marions eingeladen. Am kommenden Freitag sollte dieser Polterabend stattfinden. Eigentlich hatte ich an diesem bewussten Abend geschäftlich zu tun und außerdem kannte ich nicht einen Einzigen dieser Leute. „Geh doch mit Holger hin." schlug ich daher meiner Frau vor. Ich wollte auf diese Weise, so ganz nebenbei Marions Reaktion auf meinen Vorschlag testen. Denn angeblich lief da überhaupt nichts mehr zwischen Holger und ihr seit unserem gemeinsamen Ausflug in den Harz. „Der kommt sowieso! Aber wenn du keine Lust hast, geh ich eben allein hin. Du kannst ja vielleicht später noch nachkommen, wenn du doch noch Lust dazu bekommst."
Bis zum Freitag war dieses Thema damit für uns beide abgehakt und wir sprachen nicht weiter darüber.
Freitagnachmittag hatte ich dann gleich zwei geschäftliche Termine und die Idee mit Marion

vielleicht doch noch zusammen zu besagtem Polterabend zu gehen, hatte sich somit auch erledigt. „Ich bin dann sicher schon weg, wenn Du wiederkommst Schatz! Vielleicht kommst Du ja trotzdem noch nach, bis dann, viel Erfolg!"
Meine beiden Geschäftstermine liefen überaus positiv und waren schnell beendet. Viel schneller, als erwartet. Ich fuhr noch auf ein Bierchen zu einer mir gut bekannten, gemütlichen Kneipe. Ich war bester Laune. Und die Musik in der Kneipe und die beiden gerade getätigten Geschäftsabschlüsse ließen tatsächlich so etwas wie Feierlaune bei mir aufkommen.
Kurzentschlossen zahlte ich mein Bier und machte mich auf den Weg zu diesem Polterabend. Ich wusste, dass Marion damit am allerwenigsten rechnen würde und das machte es für mich noch reizvoller eben genau dorthin zu fahren. Vielleicht würde ich sie ja rein zufällig wieder mit Holger überraschen.
Es war so gegen zweiundzwanzig Uhr, als ich vor der Mehrzweckhalle, die das junge Brautpaar für ihren Polterabend angemietet hatte, ankam.
Meinen Wagen parkte ich etwas weiter weg. Ganz bewusst so, dass ich ihn über Nacht dort hätte stehen lassen können. Vielleicht würde ich ja doch noch etwas trinken. Als ich eintrat, schallte mir das Stimmenwirrwarr von unzähligen Leuten, die laut durcheinander redeten und das Dröhnen der Musik entgegen. Ich blieb eine Weile in der Nähe des Eingangs stehen und versuchte mich erst einmal etwas zu akklimatisieren und zu orientieren. Einige

der Gäste hier im vorderen Bereich der Mehrzweckhalle waren schon ziemlich angetrunken und fielen den anderen damit sichtlich auf die Nerven. Zur Tanzfläche ging es durch so eine Art Vorraum. Dieser Vorraum war jetzt quasi genau zwischen mir und dem Saal, wo sich die Paare beim Tanzen vergnügten. Aber dieser Vorraum war mehr als überfüllt, zumal es die Getränke nur hier zu geben schien. An der einen Wand standen Kisten mit Cola, Brause und Bier zur freien Verfügung. Und an der gegenüber liegenden Wand hatten die Gastgeber so etwas, wie eine Sektbar eingerichtet. Und mitten drin entdeckte ich tatsächlich Marion, die mit einem jungen Mann herum diskutierte. Etwa einen Schritt schräg hinter den Beiden stand ein mindestens einen Meter fünfundneunzig großer Kerl. Er trug eine dünne, schwarze glänzende Lederjacke. Und er schien Marion und den jungen Mann, der übrigens mehr als einen Kopf kleiner war als der Lederjackenmann, interessiert zu belauschen. Nach einer Weile zog der Kleinere sichtbar ärgerlich von dannen und der Größere machte sich an meine Frau ran. Er trug unter seiner offenen Lederjacke ein schwarzes T-Shirt auf dem mit weißen Buchstaben groß *Amigo* stand. Er reichte Marion eine Flasche Bier und stieß kurz mit ihr an. Ich blieb weiter da stehen wo ich war. Von hier aus konnte ich wirklich gut beobachten, was weiter geschah. Aber nur etwa fünf Sekunden später stand der große Kerl bereits so dicht vor Marion, dass ich von meiner Position aus nur noch diesen Amigo ausmachte. Er verdeckte Marion fast völlig. Also wählte ich eine taktisch geschicktere Position aus, zu der ich mich langsam, immer darauf bedacht, nicht von Marion entdeckt zu werden, begab, um die Beiden besser beobachten zu können. Von hier aus konnte ich jetzt deutlich sehen, wie dieser baumlange, kräftige Kerl Marions Hintern tätschelte und sie ihn bereitwillig gewähren ließ. Ja es hatte sogar den Anschein, als ob sie ihm ihren Arsch noch etwas mehr entgegenstreckte. Da packte er sie plötzlich an den Haaren, zog ihren Kopf zu sich heran und gab ihr einen Kuss. Als Nächstes sah ich, wie er sie vor sich her in meine Richtung stieß. Ich erschrak und drehte mich instinktiv weg. Ich machte ein paar vorsichtige Schritte zur Seite und versuchte mich so unauffällig wie möglich zu benehmen. Einen kurzen Moment später drehte ich mich neugierig wieder um und versuchte die Beiden weiter zu beobachten, aber sie waren verschwunden. Ich war ein wenig verwirrt und überlegte kurz, in welche Richtung sie wohl abgebogen waren. Ich kam zu dem Schluss, dass sie nur in Richtung der Garderobe gegangen sein konnten. Sonst wären sie ja direkt an mir vorbeigekommen und das hätte ich gemerkt. Immer noch neugierig und etwas nervös, langsam wurde ich obendrein auch noch geil dazu, ging ich den Beiden in die vermutete Richtung hinterher. Das Gefühl eines Jägers auf der Pirsch kam in mir hoch. Ich hielt Ausschau nach meiner Beute, gleichzeitig war ich bemüht, nicht großartig aufzufallen. Bei der Garderobe war niemand, aber die Tür zur Herrentoilette stand einen Spalt offen. Ich ging darauf zu. Mein Herz pochte. Ich öffnete die Tür ganz leise, sah mich um, - keine Menschenseele! Und niemand war im Moment auf dem Weg hierher. Also schlich ich mich übertrieben leise hinein. Der Raum war dunkel. Ich wollte schon wieder umdrehen, als ich Marions Stimme hörte. Sie stöhnte leise in hohen Tönen und gleichmäßigen Abständen. Ich schlich, mich an der Wand entlang tastend, um die Ecke herum zu dem Raum mit den Pinkelbecken. Und da sah ich die Beiden. Das einzige Licht in diesem Raum bestand aus winzigen LED-Leuchten, die an den Spülvorrichtungen der Pinkelbecken angebracht waren. Aber das reichte! Marion stand auf einem Bein vornüber gebeugt schräg vor einem der Pinkelbecken. Ihr linkes Bein hielt sie angewinkelt eben auf diesem Becken, an dem sie sich auch mit einer Hand festhielt, hochgelegt. Mit der anderen Hand stützte sie sich an der Wand vor ihr ab. Da sie wohl sonst bei jedem Stoß ihres neuen Freundes, der sie kräftig von hinten fickte, mit dem Kopf dagegen geknallt wäre. Ihr *Amigo* stand breitbeinig mit heruntergelassenen Hosen hinter ihr und hielt ihren nackten Arsch, den sie ihm ebenso einladend wie vorhin in besagtem Vorraum entgegenstreckte, mit beiden Händen fest, während er sie weiter heftig und mit gleichmäßig harten Stößen von hinten durchvögelte. Bei jedem Stoß gab Marion einen hohen Seufzer von sich. Ich stand regungslos hinter der Ecke und beobachtete Marion und diesen langen Kerl bei ihrem hemmungslos geilen Liebesspiel, als plötzlich das Licht anging. Ein junger Mann kam herein und latschte, ohne mich weiter zu beachten, in leichten Schlangenlinien an mir vorbei zu den Pissbecken. „He, he lasst euch durch mich nicht stören!" hörte ich ihn sagen. Ich hatte mich nämlich sofort, als das Licht anging hinter die Ecke zurückgezogen und konnte somit auch nicht mehr sehen, was da weiter vor sich ging. Die Geräusche waren aber eindeutig. Marion und ihr *Amigo* ließen sich tatsächlich nicht stören, sie bumsten im gleichen Rhythmus weiter. Im Gegenteil, Marions lustvolle Seufzer wurden jetzt sogar noch etwas lauter, hatte ich zumindest den Eindruck. „He, darf ich vielleicht mitmachen?" hörte ich den jungen Burschen etwas lallend fragen. „Nein! Und mach das Licht wieder aus!" Dröhnte eine kräftige Männerstimme.

Noch bevor der junge Mann wieder um die Ecke kam, war ich auch schon bei der Tür und huschte hindurch nach draußen. Im nächsten Augenblick war ich wieder im Eingangsbereich der Mehrzweckhalle. Einen kurzen Moment lang überlegte ich, was ich jetzt tun sollte. Ich entschied mich zu verschwinden, noch bevor Marion und ihr Amigo wieder aus dem Herrenklo zurückkämen.

Mein Geburtstag...

In den nächsten paar Jahren unserer Ehe passierte in dieser Hinsicht nichts Erwähnenswertes mehr. Jedenfalls nichts von dem ich berichten könnte. Da ich leider nie wieder so eine Gelegenheit bekam, meiner holden Gattin auf diese Weise nachzuspionieren. Zwar nutzte Marion jede Gelegenheit, die sich ihr bot, um sich anderweitig durchficken zu lassen und sie blieb auch des Öfteren mal eine Nacht lang weg. Doch meinte sie jedes Mal zu mir, das wäre lediglich nur zu ihrem Vergnügen. So, wie wenn ich beispielsweise zum Kegeln ginge. Und dass das nichts zu bedeuten hätte. Und sie vergaß auch nie, jedes Mal zu erwähnen, dass der Mann mit dem sie gerade Sex gehabt hatte, mich auf keinen Fall dabei haben wollte, beim nächsten Mal vielleicht.
Manchmal, wenn sie in Stimmung und der Meinung war, dass es besonders geil mit einem der anderen Männer gewesen war, erzählte sie mir davon. Überdies hatte sie schon längst das Ruder in Punkto Sex bei uns zuhause zur Gänze übernommen. Wenn wir es tatsächlich mal miteinander trieben, dann nur so, wie sie es bestimmte. Und auch nur dann, wenn sie Lust dazu hatte, es mit ihrem eigenen Mann zu treiben, was wirklich sehr selten der Fall war.

Es war der dritte März, mein vierzigster Geburtstag. Ich hatte aber überhaupt keine Lust,

diesen Tag in irgendeiner Weise zu feiern, geschweige denn mit irgendwelchen Bekannten über längst vergangene Zeiten zu quatschen. Nein, mir stand der Sinn nach etwas ganz Anderem. Ich dachte mir, vielleicht könnten Marion und ich heute einmal wieder ungestört unsere Zweisamkeit genießen. Das würde unserem Eheleben bestimmt gut tun. Oder ob unsere Kinder vielleieicht etwas dagegen haben könnten? Fragte ich mich ernsthaft. Schließlich hatten wir in den letzten Jahren immer meinen Geburtstag zusammen gefeiert. Und die Beiden durften dem entsprechend immer an meinem Geburtstag länger aufbleiben.
Aber inzwischen blieben sie ja sowieso meistens so lange auf, wie sie wollten. In ihren Zimmern zwar, aber trotzdem ohne das wir ihnen ein Zeitlimit vorgaben. Schließlich war unsere Tochter inzwischen sechzehn und unser Sohn vierzehn Jahre alt.
Eigentlich schien alles nach meinem Plan zu laufen, doch so gegen 19.00 Uhr kamen unsere Kinder ins Wohnzimmer geplatzt mit einem kleinen Paket in der Hand. „Wir haben hier noch ein Geschenk für Dich, Papa!" Die Beiden waren unheimlich gut gelaunt und aufgedreht bei dieser Geschenkübergabe. Irgendetwas heckten sie dabei doch aus, das fühlte ich. Doch ich konnte mir noch keinen Reim darauf machen. „Ihr habt mir doch schon Etwas geschenkt!" „Packs doch einfach aus!" Meinte Marion ruhig lächelnd. Also nahm ich das kleine Päckchen und riss es auf. Zum Vorschein kamen noch ein Paket und noch eins

und noch eins. Schließlich hielt ich zwei Kinokarten vom Cineplex in meinen Händen - für heute!
Das Cineplex war ein neueres Kino im Nachbarort. Der Filmtitel sagte mir gar nichts. „ Du wolltest doch heute nicht hier feiern. Und da haben wir uns gedacht, du und Mama, ihr könntet doch mal alleine ins Kino gehen!" Eigentlich hatte ich mir den Abend zwar etwas anders vorgestellt, aber so ein Kinobesuch alleine mit Marion könnte ja auch die Ouvertüre zu einer richtig gelungenen Nacht werden. Und wer weiß, was Marion sich diesmal so alles einfallen ließ. Also zeigte ich mich meinen Kindern gegenüber wirklich sehr erfreut über das tolle Geschenk und die gelungene Überraschung. Ich beschloss die damit verbundene Gelegenheit, mal wieder mit meiner eigenen Frau, wie ein Teenager im Kino `rumknutschen zu können, richtig zu genießen, sofern sie dies zuließ.
Marion und ich begaben uns nach oben. Wir wollten uns für dieses besondere Ereignis auch entsprechend kleiden. Ich zog mir einen wirklich kleinen Slip unter meinem Anzug an. Ich ließ die Krawatte weg und dafür machte ich lieber die oberen Knöpfe meines Hemdes unter dem ich nichts weiter an hatte, ziemlich weit auf.
Marion hatte sich, trotz des kalten Winterwetters draußen ihren kurzen, schwarz glänzenden Minirock angezogen. Dazu trug sie eine weiße Bluse, die sie ebenfalls weit geöffnet gelassen hatte. Ich konnte ihr schwarzes Ledertop mit dem vorne durchgängig zu öffnendem Reißverschluss

sofort deutlich erkennen. Eben wollte Ich ihr unter den Rock schielen, als sie mich sanft aber bestimmt davon abhielt. „Etwas Überraschung musst du dir noch für später lassen, Jens!" Meinte sie amüsiert und holte sich ihren Pelzmantel aus dem Schrank. Dieser war gerade so kurz oder lang, um den kurzen Rock, den sie trug, eben zu bedecken. Ihre lange blonde Löwenmähne wallte ihr offen über die Schultern.
Als wir im Cineplex ankamen, mussten wir noch ca. eine halbe Stunde im Foyer warten. Wir fielen nicht schlecht auf in unseren Klamotten. Und die meisten der Leute, die uns unverblümt anstarrten, dachten wohl, dass wir uns verlaufen hätten. Marion genoss unseren Auftritt sichtlich. „Hol´ uns doch bitte etwas zu Trinken, Schatz!" meinte sie und setzte sich auf einen der recht klobigen und überaus gemütlichen Ledersessel, die so gar nicht hierher zu passen schienen, dafür aber umso mehr zu uns. Ich ging zu dem Tresen, hinter dem mich ein junges Mädchen etwas verschüchtert anlächelte. Kurz darauf kam ich mit zwei Gläsern Sekt zu Marion zurück und wir stießen klingend an. „Das wird heute ein ganz besonderer Abend, mein Schatz. Du wirst schon sehen!" hauchte Marion mir ins Ohr und mir stieg ihr verführerisches Parfüm in die Nase. Ich konnte es nicht lassen, während wir es uns in den ausladenden Sesseln gemütlich machten, ihr unter den Rock zu schauen. Und tatsächlich, wie ich es gehofft hatte, hatte sie keine Strumpfhose an, sondern schwarze Nylonstrümpfe mit Strapsen,

Super! Und den schwarzen String Tanga aus Satin konnte ich auch gerade noch erkennen, bevor sie meinen Kopf packte, anhob und „Geduld!" raunte.
Endlich war es soweit, wir durften den Innenraum des Kinos betreten. Es war ziemlich dunkel und meine Augen brauchten ein paar Sekunden, um sich an das spärliche Licht zu gewöhnen. „Obere Loge, Platz 3 und vier" stand auf unseren Eintrittskarten zu lesen. Es ging zwei Stufen hoch zu der abgeteilten Loge. Hier war es noch dunkler und ich blieb erst einmal stehen und kniff meine Augen zu, um wieder einige Sekunden später überhaupt etwas erkennen zu können.
Es befanden sich zwei Reihen mit je drei Sitzen rechts vor mir. Die Sitze rechts von mir waren etwas schräg nach oben angeordnet und gingen bis direkt an die rechte Wand. Links von dem kurzen Gang, in dem ich jetzt stand und mich umsah, befanden sich drei Reihen mit je vier Sitzplätzen. Diese waren mittig vom Logenraum angeordnet und man konnte um sie drum herumgehen, wenn man wollte. Unsere Plätze, Sitz drei und vier, waren genau die beiden Sitzplätze in der Mitte der mittleren Viererreihe. Ich ließ Marion vorausgehen und sich hinsetzen und nahm dann selber Platz. Rechts neben meiner Frau und links neben mir, blieb jetzt jeweils noch ein Sitz frei.
Ich stellte die beiden Piccolo, die ich uns von zu Hause mitgebracht hatte vor uns auf die Tischchen und wir machten es uns bequem. Meine Jacke packte ich auf den Sitz lins neben mir.

Die folgenden Minuten beobachteten wir das Treiben vor uns im Kinosaal. Es waren erst höchstens ein Viertel der Sitzplätze belegt, als das Licht ausging, der Vorhang aufschwang und ein Werbefilm lautstark alles Treiben übertönte. Ich konnte jetzt zwar kaum noch etwas vom weiteren Andrang des Publikums sehen, hoffte aber sehr, dass nicht mehr so viele Leute kämen. Und vor allem, dass wir alleine in der Loge blieben.
Aber leider, Pech gehabt! Rechts vor uns, in der ersten Reihe setzte sich ein Typ mit einer großen Tüte Popcorn in der Hand umständlich hin. Er sah sich nach allen Seiten um, registrierte uns und grüßte uns freundlich. Und links neben mir auf dem ersten Platz auf der gegenüberliegenden Seite des Ganges gesellte sich ein zweiter Mann zu uns in die Loge. Das gefiel mir überhaupt nicht. Zumal dieser Knilch links von mir die ganze Zeit nur zu uns herüber stierte und nicht nach vorne.
Meine Marion aber störte das überhaupt nicht. „Willst Du uns nicht endlich den Sekt aufmachen?" Fragte Sie ganz dicht neben mir und steckte mir mal kurzerhand ihre Zunge in mein rechtes Ohr. Mir lief ein Schauer über den Rücken. „Oh, ja!" antwortete ich und widmete meine Aufmerksamkeit wieder voll und ganz Marion, die ihren Mantel nach hinten über die Sitzlehne ausgebreitet hatte. Sie rekelte sich verführerisch und streckte ihre Beine lang aus. Dabei rutschte ihr Rock bis zum Spitzenrand ihrer Strümpfe hoch. Unser Nachbar zur Linken schien diesen Anblick nicht auszuhalten. Er stand auf und setzte sich zu

dem Anderen in die vorderste Dreierreihe. Ich atmete einmal kräftig aus, denn es entspannte mich doch sehr, jetzt nicht mehr so unter Beobachtung zu stehen.
Und bald darauf ich vergaß die beiden Männer vor mir völlig. Denn bei dem Anblick von Marions Beinen stand mir der Sinn nach ganz etwas Anderem. Ihr Rock war inzwischen noch ein Stück weiter hochgerutscht. Aber das kümmerte sie kein bisschen.
Wir stießen mit unseren Plastiksektkelchen an und küssten uns. Dann beugte sie sich vor zu mir und sagte laut und für jeden in der Loge gut hörbar: „Herzlichen Glückwunsch zu Deinem Geburtstag und auf ein besonders geiles, neues Lebensjahr, mein Kleiner!" - *„Mein Kleiner?"* So hatte sie mich vorher noch nie genannt. Was sollte das? Ich war irritiert, aber mir blieb keine Zeit zum nachdenken, denn schon gab sie mir einen langen, feuchten Zungenkuss, bei dem sie mir zwischen meine Beine langte. Wir tranken noch einen Schluck Sekt und stellten die Gläser auf den Tischchen vor uns ab. Meine Hose spannte sich enorm und meine holde Gattin hatte sichtlich ihr Vergnügen daran.
Ich legte meine rechte Hand sanft auf Marions Bein und wollte gerade ihr Bein entlang nach oben streicheln, da griff meine Frau fest nach meinem Handgelenk und beförderte meine Hand
mit einem kräftigen Ruck wieder zurück auf meine Armlehne. Was sollte das denn nun schon wieder? Erst machte sie mich heiß und dann durfte ich sie

nicht einmal anfassen. Ich verstand die Welt nicht mehr. „Weiber!" fluchte ich leise vor mich hin, setzte mich etwas aufrechter in meinen Sitz und schaute beleidigt zur Leinwand. Doch dann spürte ich, wie Marion mir die Hose auf machte und meinen, schon ziemlich steifen Schwanz heraus fischte. Verdutzt sah ich meine Frau an, doch die schaute, so als wenn überhaupt nichts wäre, mit einem süffisanten Lächeln im Gesicht stur nach vorne zur Leinwand.

„*So ein Biest!*" dachte ich. Doch wagte ich es nicht mich zu rühren. Ich war viel zu gespannt, was sie wohl als Nächstes vorhatte. Sie strich behutsam, so ganz nebenbei, mit ihren Fingern meinen Penis entlang, aber nur ein paar Sekunden lang, dann packte sie ihn mit einem Mal mit festem Griff. Sie zog mir die Vorhaut ruckartig ganz zurück und begann meinen Kolben sofort und ohne weitere Vorwarnung kräftig zu wichsen. Ich saß immer noch wie gebannt stocksteif auf meinem Sitz und genoss Marions Behandlung mit geschlossenen Augen. Plötzlich hörte sie auf. Ich schlug die Augen auf und sah nur, wie sie nach ihrem Sektglas griff und sich genüsslich ein Schlückchen genehmigte. Sie stellte ihr Glas wieder vor sich ab und blickte an mir vorbei zu dem Mann, der neben uns im Gang stand und uns mit einem Grinsen auf den Lippen beobachtete. Ich erschrak, denn ich hatte ihn vorher überhaupt nicht bemerkt. Es war derselbe Kerl, der vorher neben uns gesessen hatte.

Marion sah ihn lange an. Dann gab sie ihm ein Zeichen sich zu uns zu setzen. Er nahm meine Jacke hoch, warf sie auf einen der Sitze hinter sich und setzte sich auf den Platz neben mich. Es schien ein stilles Abkommen zwischen diesem Mann und meiner Frau zu existieren.
Er lächelte Marion an und nickte ihr zu. Woraufhin sie wieder meinen harten Penis zu massieren begann. Mein Sitznachbar beobachtete Marions Handarbeit an meinem besten Stück sehr genau. Plötzlich setzte Marion sich auf und zog mir meine Hose bis in die Kniekehlen herunter und die Unterhose gleich mit. So dass ich jetzt mit nacktem Hintern auf dem Kinosessel zu sitzen kam.
Ungeniert wichste Marion meinen harten Schwanz weiter. Dabei lächelte sie den fremden Mann neben mir verführerisch an. Sie umspielte ihre Lippen mit ihrer Zunge. Seine Reaktion kam prompt. Er machte sich ebenfalls seine Hose auf und holte seinen großen, schon fast harten Prügel heraus.
„Wow!" entfuhr es Marion bei dem Anblick dieses wahrlich mächtig großen Geschlechtsteils, das der Kerl da jetzt in seiner Hand haltend meiner Frau präsentierte.
Marion rückte jetzt ganz dicht an mich heran. Aber nur um meinen Nachbarn näher beäugen zu können. Hemmungslos starrte sie auf den großen, steifen Schwanz des Mannes. Dem schien das zu gefallen und er begann sich sehr langsam und behutsam sein beschnittenes Mörderteil zu wichsen, welches dadurch tatsächlich noch etwas größer wurde. Das schien nun wiederum meiner

Frau sehr zu gefallen, denn sie vergaß über diesen Anblick sogar ihr Spiel an meinem Schwanz. Und ich gebe zu, auch ich war von diesem Riesenteil sehr beeindruckt.

Plötzlich spürte ich, wie Marion sich fest an meine Seite drückte, so dicht war sie, dass ihr Atem in meinem Ohr kitzelte. Sie nahm meinen Kopf mit beiden Händen und hielt ihn fest in Richtung des Mannes gerichtet. Dann bekam ich ihre nasse Zunge noch einmal kurz an meinem rechten Ohr zu spüren. Sie stieß ihre Zungenspitze ein paar Mal in mein Ohr und flüsterte dann: „Los, nimm ihn in den Mund!"

Mir stieg das Blut in den Kopf. Hatte ich meine Frau richtig verstanden? Ich sollte dem Mann neben mir einen blasen? Ich zögerte. „Na los!" wiederholte Marion diesmal etwas lauter und mit Nachdruck. „Nimm ihn in den Mund, habe ich gesagt!" Ich blickte kurz in das Gesicht des Mannes, dessen harten Penis ich, wenn es nach dem Willen meiner Frau geht, gleich in meinen Mund nehmen würde. Er grinste mich an und zog kurz die Augenbrauen hoch, was mich offenbar dazu ermutigen sollte, zu tun wie mir geheißen. Langsam und immer noch zögerlich beugte ich mich zu ihm hinüber, doch dann bekam ich plötzlich den Druck von Marions Händen zu spüren, die meinen Kopf in Richtung des aufrecht stehenden Männerschwanzes drückten. Also gab ich nach und senkte meinen Kopf so weit, bis ich den steil erhobenen Schwanz des fremden Mannes mit meinen Lippen berührte. Ich streckte meine

Zunge heraus und leckte langsam um seine glänzende Eichel herum. Anscheinend ging das meiner Gattin aber alles nicht schnell genug. Und mit einem Ruck drückte Marion meinen Kopf kräftig hinunter. Schnell machte ich meinen Mund weit auf und hatte im nächsten Augenblick den Schwanz des Mannes bis zum Hals in meinem Mund. Ich musste leicht würgen, da ließ Marion meinen Kopf wieder los.

Nun begann ich von selber meinen Kopf auf und ab zu bewegen und lutschte und saugte dabei gut hörbar an dem riesigen Schwanz des Mannes neben mir. Wieder spürte ich Marions festen Griff, diesmal an meinem Schwanz und meinen Eiern. Nach ein paar Minuten, in denen ich folgsam und ununterbrochen meinen Blowjob verrichtete, hörte ich Marions Stimme laut hinter mir sagen:
„Brav, mein Kleiner! Es geht doch! Du wirst jetzt diesem Herren hier schön seinen Schwanz weiter blasen und zwar bis zum Schluss, hast du verstanden? – Bis zum Schluss! Gib Dir Mühe!"
Ich hörte, wie sie aufstand und das Klacken ihrer High Heels auf dem Fußboden verriet mir, dass sie unsere Loge verließ. Aber in diesem Moment hatte ich weder die Zeit noch ließ mir der Mann, dessen Schwanz ich hier so hingebungsvoll blies, die Möglichkeit weiter darüber nachzudenken, wohin meine Frau jetzt wohl verschwand. Denn nun übernahm der Fremde das Ruder. Jetzt war er es, der meinen Kopf mit seinen Händen packte und mir so mit dem gehörigen Nachdruck den für ihn richtigen Rhythmus aufzwang.

Ich hörte die sonore Stimme des Mannes ertönen:
„Du hast gehört, was die junge Dame gesagt hat: *Gib Dir Mühe!*" Immer wieder drückte er meinen Kopf tief auf seinen Riesenschwanz hinunter, bis in meinen Hals hinein. Fast jedes Mal verspürte ich dadurch einen Würgreiz, doch dieser Kerl mit seinem prächtigen Ständer kannte kein Erbarmen. Ich konnte kaum noch. Ich musste ihn jetzt schleunigst zum Abspritzen bringen. Ich nahm also meine rechte Hand an seinem Ständer zur Hilfe. Und während ich weiterhin seinen Schwanz immer wieder tief in meinem Mund verschwinden ließ, wichste ich seinen Schaft bis zu seinen Eiern hinunter. Das schien dem Herrn durchaus zu gefallen. Er begann leise zu grunzen und ab und zu machte er mit seinem Becken ein paar unkontrollierte Fickbewegungen. Immer erregter wurde er und ich hoffte sehnlichst, dass er jetzt bald abspritzen würde. Da hob er mit einem Mal meinen Kopf mit beiden Händen etwas höher, hielt ihn fest und ergoss sich in meinem Mund.
Ich war überrascht und entsetzt zu gleich. Er hatte mir eine gehörige Ladung seines Spermas in meinen Mund gespritzt. Ich hatte das Gefühl, den ganzen Mund voll zu haben mit seiner warmen Soße. So viel Sperma kam bei mir niemals! Was sollte ich jetzt nur damit machen? In meiner Hilflosigkeit beugte ich mich einfach noch ein wenig weiter vor und spuckte die weiße Soße über seine linke Armlehne auf den Fußboden in den Gang. Im nächsten Augenblick schubste mich der Kerl neben mir barsch von sich herunter. Er verlor

kein weiteres Wort, versteckte nur seinen schnell
schlapp werdenden Penis wieder in seiner Hose,
zog den Reißverschluss hoch, stand auf und ging.
Ich sah mich noch etwas benommen um. Der Typ
in der ersten Reihe saß immer noch auf seinem
Platz und sah sich den Film an. Anscheinend hatte
er überhaupt nichts mitbekommen von dem was
sich hier eben abgespielt hatte. Aber Ansonsten
war ich alleine in der Loge. Irgendwie fand ich
das, was da eben abgelaufen ist sehr peinlich,
irgendwie demütigend, aber auch sehr geil!
Ich zog mir meine Hosen wieder hoch, verstaute
mühsam meinen unbefriedigten Schwanz und
setzte mich aufrecht hin. Als nächstes überlegte
ich, ob ich nach Marion suchen sollte und was sie
wohl gerade tat. Doch erst einmal goss ich mir den
Rest aus meiner Piccoloflasche ein, nahm einen
kräftigen Schluck und gönnte mir dann auch noch
den Rest aus Marions Flasche. Ich saß noch eine
ganze Weile nur so da und versuchte den Sinn des
Filmes zu begreifen, doch es gelang mir nicht. In
diesem Moment wurde der Film für eine Pause
unterbrochen. Ich stand kurzentschlossen auf und
ging ins Foyer. Ich kaufte eine Flasche Sekt und
hielt derweil ständig Ausschau nach meiner Frau,
- vergebens! Ich hatte gerade wieder auf meinem
Sitz platzgenommen, da hörte ich das Klacken von
Damenschuhen auf dem Fußboden, das Geräusch
wurde lauter. Ich blickte in die Richtung des
Geräusches und im nächsten Moment kam auch
schon meine holde Gattin um die Ecke, stieg die
zwei Stufen zur Loge herauf und steuerte direkt auf

mich zu. Ein kurzer Blick auf den Fußboden ließ sie schmunzeln. „Das hast Du doch schon ganz gut gemacht, mein Kleiner!" sagte sie, während sie über mich rüber stieg und sich auf ihren Sitz setzte. Dann beugte sie sich ganz nah zu mir heran. „Aber das nächste Mal schluckst Du´s!"

Überstunden der besonderen Art…

Am nächsten Morgen, nach einer Nacht voller feuchter Träume klang immer noch die Erinnerung an meinen wirklich geilen Geburtstag nach. Unsere Kinder hatten uns nachts nach unserem Kinobesuch noch neugierig in Empfang genommen. Und nachdem sie sich vergewissert hatten, dass ihr Geburtstagsgeschenk sehr gut bei uns angekommen war, sind sie freiwillig, zufrieden und glücklich zu Bett gegangen. Wir blieben noch eine Weile im Wohnzimmer. Ich fand dieses Erlebnis im Kino hatte doch noch etwas Klärungsbedarf hinterlassen. Und so holte ich uns eine vorsorglich gut gekühlte Flasche Sekt, schenkte zwei Gläser voll und versuchte von Marion eine Erklärung oder vielleicht auch nur ein paar Antworten für das bei unserem Kinobesuch Erlebte zu bekommen.
Doch an diesem Abend bekam ich keine näheren Auskünfte mehr von meiner Frau. Im Gegenteil sie schien das einmal begonnene Spiel weiterführen zu wollen. Denn als sie mich mit den Sektgläsern hereinkommen sah, gab sie ein enttäuschtes „Oh!" von sich. „Was?" fragte ich und sah sie fragend an. Mit einem Funkeln in den Augen und einem Lächeln auf den Lippen erwiderte sie: „Etwas stilvoller hättest Du den Sekt schon servieren dürfen!" Und als ich immer noch nicht recht begriff, fügte sie hinzu „ Ohne Hose, zum Beispiel!" Also entledigte ich mich meiner Hosen,

warf mir ein Geschirrhandtuch über den rechten
Unterarm und „Unten Ohne" servierte ich meiner
Gattin in einem neuen Anlauf den Sekt. „Sehr
schön, so gefällt mir das schon besser! Die
angemessene Kleidung für einen gehorsamen
Diener!" sagte sie sachlich, ließ sich von mir ihr
Glas reichen und legte ihre Beine genüsslich auf
den Couchtisch hoch.
Am nächsten Morgen blieb ich noch ein Weilchen
im Bett liegen. Erstens war ich noch zu geil und
hatte eine richtig schöne Morgenlatte unter meiner
Bettdecke und im Übrigen fiel mir in diesem
Moment siedend heiß ein, dass sich letzte Nacht
niemand mehr um meinen Schniedel gekümmert
hatte, nicht einmal ich selbst! Ich holte das
Versäumte sofort unter der Bettdecke nach.
Danach, etwas entspannter, ging alles wieder
seinen geregelten Gang. Marion war, wie immer
etwas vor mir aufgestanden und hatte den Kindern
ihr Frühstück gemacht. Als ich frisch geduscht
nach unten kam, war auch heute alles so, wie sonst.
Und ich begann mich zu fragen, ob ich die
Geschichte vom Vortag nur geträumt hätte, oder
sowas. Doch als die Kinder aus dem Haus waren,
setzte Marion sich zu mir an den Frühstückstisch
und fragte leise und mit einem lüsternen Grinsen,
wie mir denn unser gestriges Spiel im Kino
gefallen habe. Ich versicherte ihr, dass es auch für
mich sehr geil gewesen sei und ich schon sehr
gespannt sei, was wohl als nächstes auf mich
zukäme und wann es wohl weiter gehen würde.
„Wusst´ ich´s doch!" Marions Tonfall veränderte

sich. „Aber bevor ich Dir nochmal einen meiner geilen Liebhaber überlasse, wird sich hier einiges ändern!" und mir wurde schlagartig klar: Es geht sofort weiter!
Marion hatte einen ganzen Katalog von Anweisungen und Maßregelungen an mich für die nächsten Wochen parat. „Erstens", sagte sie „Du wirst abnehmen! Ich will, dass Du jeden Morgen joggst. Dein Essen wird auf das reduziert, was ich Dir gebe! Und wehe Dir, ich erwische Dich beim heimlichen Essen oder Trinken! Dann setzt es Was!
Zweitens, wenn die Kinder aus dem Haus sind, wirst *Du* die Küche sauber machen und zwar picobello! Und das noch bevor Du zur Arbeit gehst!"
Auf eine nähere Erläuterung, worauf das Ganze hinauslaufen sollte, wartete ich aber vergebens.

In unserem Ehebett lief seit etlichen Monaten eigentlich sowieso nichts Richtiges mehr zwischen Marion und mir. Und in den nächsten Tagen beschränkte Marion sich in darauf, mich mit irgendwelchen Fantasiegeschichten von mir und von ihr frei erfundenen, starken Männern, die mich auf die eine oder andere Weise durchzogen, geil zu machen und mir dabei einen runterzuholen. Seltsamerweise funktionierte das ganz gut.

An diesem Tag im Büro war ich irgendwie nicht bei der Sache. Immer wieder schwirrten mir Marions Sexfantasien, die sie mir fast allabendlich

ins Ohr flüsterte, durch den Kopf. Das eine oder andere Mal bekam ich sogar einen Steifen. Aber zum Glück bemerkte das niemand. Erst als die Anderen zur Mittagspause gingen und ich sitzen blieb, fragte mich unsere Chefsekretärin im Vorbeigehen: „ Hallo, Herr Sengelmann, verpasst Du heute Deine Mittagspause?" „ Ja, meine Frau hat gesagt, ich muss abnehmen!" „ Die hat Dich aber gut im Griff!" meinte Sie und grinste mich frech an. „ Ja, das stimmt!" gab ich unumwunden zu.
Als nächstes lernte ich mich auf einen völlig neuen Tagesablauf einzustellen. Denn jetzt stand ich vor Marion auf und machte den Kindern das Frühstück. Dann ging ich joggen, danach duschen und erst danach weckte ich meine Frau. Das konnte dann auch schon mal mit einem festen Griff in meine Eier belohnt werden. Dann frühstückte ich recht karg, meistens nur einen O- Saft und ein Müsli.
So recht begriff ich zwar immer noch nicht, was Marion mit dieser Tortur bezweckte, aber meine überflüssigen Pfunde begannen recht schnell zu purzeln. Wenn Marion und ich dann endlich mal wieder Sex miteinander hatten, bestand sie jedes Mal darauf, dass ich ihr beim Vorspiel mein frischgewaschenes Arschloch präsentierte, welches sie dann mal mit ihrer Zunge und mal mit ihren Fingern bearbeitete. Natürlich lag sie jedes Mal oben beim Ficken, bestimmte das Tempo und sagte wann Schluss war, ob es mir nun gekommen war oder auch nicht.

Im Büro dagegen lief eigentlich alles, wie immer, Gott sei Dank! Das ich abnehmen wollte, haben meine Kollegen gut verstanden und mit Kommentaren, wie „Das wird ja auch Zeit!" oder ähnlichen Nettigkeiten bedacht. Nur unsere Chefsekretärin betrachtete mich in den letzten Tagen immer öfter mit argwöhnischen Blicken. Und einige Wochen später, genau am Dienstag nach Ostern bestellte sie mich zu sich. Ich war mir keines Fehlverhaltens bewusst, weswegen ließ mich der Chef bloß zu sich rufen? Ich gebe zu, ich war sehr nervös, als ich zaghaft an die Tür unserer Chefsekretärin klopfte. „Herein!" rief Frau Gutbrot, so hieß unsere Chefsekretärin, mit kräftiger Stimme. Ich trat ein und machte die Tür hinter mir zu.
Frau Gutbrot war gerade in irgendeine Akte auf ihrem Schreibtisch vertieft. Sie sah kurz auf, ließ mich aber, ohne mir weiter Beachtung zu schenken, in der Mitte Ihres Büros stehen. Nach etwa fünf Minuten, in denen wir kein Wort miteinander gesprochen hatten, schloss sie die Akte vor sich und stand auf. Sie ging um ihren Schreibtisch herum, an mir vorbei zu ihrer Bürotür. Frau Gutbrot war eine etwas rundliche, junge Dame etwa Ende zwanzig, Anfang dreißig. Sie hatte langes, schwarzes Haar, das sie meistens zu einem Knoten oder, so wie heute zu einem Zopf zusammengebunden trug. Im Übrigen lief sie immer sehr elegant gekleidet und mit meistens sehr hochhackigen Schuhen herum. Heute hatte sie ein dunkelrotes Kostüm an, von dem sie die Jacke über

ihrer Stuhllehne hatte hängen lassen. Unter der oben weit geöffneten, weißen Bluse bekam ich einen schwarzen Spitzen- BH zu sehen, der ihre großen, vollen Brüste in Zaum halten sollte, was aber kaum gelang.
Frau Gutbrot schloss ihre Bürotür ab und nahm den Schlüssel an sich. Dann ging sie wieder an mir vorbei zu ihrem Schreibtisch, stellte sich davor und musterte mich langsam von oben bis unten. Schließlich sagte sie in spöttischem Tonfall: „ Ja, ja der Jensi!" „Ähm, Frau Gutbrot, was will der Chef denn eigentlich von mir?" fragte ich ziemlich kleinlaut. „ Der Chef? Garnichts! Du bist hier, weil ich es so will - und Deine Frau, verstanden?" Ich wollte gerade entgegnen, dass ich Garnichts verstand, als sie mir in sehr ruhigem Ton zu erklären begann: „Ich habe mich kürzlich mit Deiner, Dir Angetrauten unterhalten und sie hat mich gebeten, Dich während der Osterferien Eurer Kinder etwas länger im Büro zu behalten und etwas auf Dich Acht zu geben." Ich glaubte meinen Ohren nicht zu trauen! Und es kam mir so vor, als ob mir jemand gerade den Boden unter den Füßen wegzog. „Marion hat mir erzählt, was für ein kleines Ferkel Du bist, aber dazu kommen wir später noch. Zuerst einmal, mein Kleiner, wirst Du dich jetzt ausziehen!" sagte unsere Chefsekretärin immer noch in sehr ruhigem und gelassen Ton. Als wenn es sich hierbei um eine völlig normale Selbstverständlichkeit unter Kollegen handelte, die sie, als wohl das Mindeste von mir erwarten könnte.

„Ähm, aber ich…" ich fing an zu stottern und meine Knie wurden weich. Da wurde Frau Gutbrot ungeduldig und fauchte mich an. „Du frecher, kleiner Lümmel, ich habe gesagt, ausziehen, aber sofort!" Ich wusste nicht, was ich machen sollte. Ich war viel zu überrascht, als dass ich einen klaren Gedanken hätte fassen können. Also fing ich tatsächlich an, mich langsam auszuziehen. Ich knöpfte meine Hose auf, zog das Hemd heraus und begann es Knopf für Knopf aufzuknöpfen. „Geht das nicht ein bisschen schneller? Ich habe nicht den ganzen Tag Zeit!" Ich beeilte mich aus meinen Sachen herauszukommen. Und als ich nur noch in Unterhosen dastand und keine Anstalten machte sie auszuziehen, kam Frau Gutbrot mit zwei schnellen und energischen Schritten auf mich zu und riss mir den Slip mit einem Ruck herunter. Ohne jegliche Vorwarnung zog sie plötzlich ihr rechtes Knie hoch. Es traf mich direkt in die Eier. Ich sackte mit einem lauten Seufzer vor ihr auf die Knie. „Wirst Du mir jetzt endlich Deine Unterhose geben?!" keifte Frau Gutbrot mich an. Ich zog mir den runtergezogenen Slip mühselig aus und übergab ihn brav an Frau Gutbrot. „Na also, geht doch!" sagte sie, ging wieder zu ihrem Schreibtischstuhl und machte es sich bequem. Dann gab sie mir mit einem Wink zu verstehen zu ihr zu kommen. Ich wollte gerade aufstehen, als ich sofort wieder scharf gemaßregelt wurde. „Du bleibst auf Deinen Knien, bis ich sage, dass Du aufstehen darfst! Kannst Du denn noch gar nichts?!" Kleinlaut und mit gesenktem Blick

krabbelte ich auf allen Vieren zu dieser herrischen Frau. Die schien sich darüber königlich zu amüsieren. „ Dann zeig´ mir doch mal, zu was man Dich überhaupt gebrauchen kann. Du darfst mir meine Füße massieren!"sagte sie und deutete auf ihre schwarzen Lackschuhe, die wirklich viel Ähnlichkeit mit Marions Schuhen hatten, nur das ihre Absätze noch um ein paar Zentimeter höher waren.
Unsere Chefsekretärin Sylvia Gutbrot saß gemütlich ausgestreckt auf ihrem Schreibtischsessel und blickte schmunzelnd auf mich herab. Sie streckte mir einen ihrer Füße entgegen. „Und zwar mit etwas Liebe, wenn ich bitten darf!" Ich zog ihr den Schuh aus und stellte ihn beiseite. Da streckte sie mir ihren Fuß auch schon direkt vors Gesicht. Ich bekam den vollen Duft ihres Fußes direkt in die Nase, was mich aber nicht davon abhielt, ihr ihren Fuß sofort zu küssen. Ich ließ mir ihre Zehen in den Mund schieben und machte dabei natürlich ihre Strümpfe nass. Meinen Blick hielt ich dabei genau zwischen ihre Beine gerichtet. Ich konnte einfach nicht anders! Und bald zeichnete sich ein kleiner nasser Fleck auf ihrem Slip ab. Mit beiden Händen massierte ich ihr ihren Fuß, während sie ihn mir immer wieder tief in meinen Mund stieß. Und dann - war ihr anderer Fuß dran! Sie rieb sich ihren nassen Fuß an meiner Brust trocken, während ich ihr den noch immer angezogenen Schuh auszog und ihn ordentlich neben den anderen stellte. Und dann begann das gleiche Spielchen von vorn, diesmal mit ihrem

anderen Fuß. Sie stopfte ihn mir sofort mit einem kräftigen Ruck in den Mund. Und dabei bemühte ich mich, ihn ihr trotzdem unablässig zu massieren. Nach einer kleinen Ewigkeit, so schien es mir jedenfalls, hatte Sylvia genug von meiner Massage. Sie trocknete sich auch diesen Fuß an mir ab und befahl mir, mich aufrecht vor ihr hinzuknien. Dabei musterte sie meinen steil nach oben gerichteten und tropfnassen Schwanz. „Aha, das hat Dir also gefallen, wie?" Sie strich mit ihren Füßen meinen harten Schwanz entlang. „So, Jensi mein kleiner Boy, das war doch fürs Erste schon ganz schön! Jetzt sieh aber zu, dass Du wieder an Deine Arbeit kommst!" Frau Gutbrot zog sich ihre High Heels wieder an.

„ Ich erwarte Dich dann heute Abend pünktlich nach Feierabend wieder hier. Deine Unterhose behalte ich solange hier." Sie warf den Bürotürschlüssel auf den Fußboden vor mir und ging wieder ihrer Arbeit nach und beachtete mich nicht weiter. Ich zog mich hastig an, schloss die Bürotür auf und ging zurück an meinen Arbeitsplatz. An diesem Tag schaffte ich nichts mehr. Ich machte viele Fehler und war unkonzentriert. Zum Glück merkte das niemand und ich nahm mir vor, morgen früh einfach etwas früher zu kommen, um das heute nicht Geschaffte nachzuholen. Länger machen konnte ich heute ja nicht, weil unsere Chefsekretärin mich ja erwartete. Und außerdem hätte das wohl auch nicht viel gebracht. Ich fragte mich die ganze Zeit über, was das Ganze wohl zu bedeuten hatte. Und was hatte Marion mit dem Ganzen zu tun? Aber die einzige Möglichkeit das herauszufinden, war wohl einfach mitzuspielen. Auf jeden Fall hatte es mich doch ziemlich geil gemacht, das Erlebte mit Frau Gutbrot.

Ich klopfte pünktlich zwei Minuten nach Feierabend an Frau Gutbrots Bürotür. „Komm herein!" rief sie. „Soll ich abschließen, Frau Gutbrot?" fragte ich. „Nein! Zieh einfach Deine Hose aus und halt Deinen Schnabel!" Sie saß gemütlich zurückgelehnt in ihrem Stuhl und sah mir dabei zu, wie ich mir meine Hose auszog. „Na etwas mehr Freude hätte ich schon von Dir bei unserem ersten Wiedersehen erwartet, Schade!" Sie stand auf, ging langsam um ihren Schreibtisch herum und setzte sich mit übereinandergeschlagenen Beinen auf die Tischplatte. „Also mein Kleiner, Du wirst Dir jetzt erst einmal Deinen Schniedel da in die richtige Form bringen. Und währenddessen werde ich Dir erklären, um was Marion, Dein holdes Eheweib mich gebeten hat. - Na das wird ja schon was mit Deinem Kleinen da!" Sylvia beobachtete amüsiert, wie ich meinen Schwanz und meine Eier mit beiden Händen gleichzeitig bearbeitete. „Ja also, wie ich heute Vormittag schon erwähnte, hatte Marion mich gebeten, Dich in den nächsten vierzehn Tagen nach Büroschluss noch eine Weile hier zu behalten. Erstens, damit sie es in Ruhe mit ihrem neuen Freund in Euerm Ehebett treiben kann, ohne dabei von Dir gestört zu werden. Und zweitens, soll ich Dir ein wenig Manieren

beibringen. Hey, Du solltest Deinen Schwanz lediglich in Form bringen und Dir hier keinen runterholen!" Sylvia sprang mit einem Satz vom Schreibtisch und war mit zwei kurzen, schnellen Schritten bei mir. Sie griff sich meinen Ständer und zog die Vorhaut noch einmal kräftig zurück. Dann befahl sie mir, die Hände vor ihr auszustrecken und schlug mir einige Male kräftig mit der flachen Hand auf die Handrücken.
In diesem Moment wusste ich wirklich nicht, wie mir geschah. Meine Frau wollte es mit einem anderen Kerl in unserem Bett treiben? Ich sollte Manieren beigebracht bekommen? Was auch immer das auch heißen sollte, es war mir nicht klar! Und diese resolute junge Frau vor mir schlug mich und behandelte mich wie einen Schuljungen. Ich war viel zu perplex von all dem, als dass ich mich irgendwie dagegen hätte wehren können, was Sylvia Gutbrot da im Moment mit mir veranstaltete. Plötzlich ging die Tür auf. „Oh, Entschuldigung! Ich komm später wieder!" Es war die Putzfrau, eine ziemlich korpulente Frau von Mitte vierzig mit kurzem, leicht angegrautem Haar. „Nein, nein meine Liebe! Kommen sie ruhig!" rief Frau Gutbrot der Putzfrau hinterher und die ließ sich das nicht zweimal sagen. Sie kam herein und grinste, ihren Blick stur auf meinen aufrecht stehenden Schwanz gerichtet. „Langen Sie ruhig mal kräftig hin!" wies Frau Gutbrot die Putzfrau an. Und auch das ließ sie sich nicht zweimal sagen. Freudig grinsend schritt sie auf mich zu und war auch schon direkt vor mir. Sie zog sich ihre

Gummihandschuhe aus und verstaute sie umständlich in ihrem Kittel. Ich stand, immer noch unfähig einen klaren Gedanken fassen können, regungslos da. Und dann, im nächsten Augenblick griff mir die Frau in dem fleckigen Kittel kräftig in die Eier und an meinen Schwanz. Ich stöhnte und wollte mich instinktiv nach vorn über beugen und dabei mein Becken zurückzuziehen, um ihrem Griff zu entkommen, doch da packte mich Sylvia am linken Oberarm und hielt mich derart fest, dass ich nicht wegkam. Also stand ich weiterhin relativ aufrecht, nackt vor dieser korpulenten Frau in ihrem Kittel, die jetzt mit ihrer anderen Hand gezielt nach meinem Schwanz griff. Meine Eier behielt sie dabei weiterhin fest im Griff. Und sie begann mit ordentlichem Druck ihrer Finger mir einen runterzuholen, was ihr ein sichtliches Vergnügen bereitete. Und jedes Mal, wenn sie mit ihrer Hand den Schaft entlang bis zum Ende fuhr, schlug sie mir dabei auf die Eier, die sie keine Sekunde lang losließ. Dieses gnadenlose und unablässige Malträtieren meiner Genitalien zeigte schon sehr bald Wirkung. Ich spritzte im hohen Bogen mein Sperma auf den Teppich unserer Chefsekretärin. „Wow, das hat Spaß gemacht!" freute sich unsere Putzfrau und auch Sylvia schien ihr Vergnügen beim Beobachten dieses Spektakels gehabt zu haben. „So, denn werd´ ich jetzt aber schnell diese Sauerei wieder vom Teppich wegmachen, bevor es eintrocknet!" meinte unsere Putzfrau pflichtbeflissen und wollte gerade das Büro verlassen. Doch wieder wurde sie von Sylvia

aufgehalten. „Das, meine Liebe darf das kleine Schweinchen hier doch wohl selber machen! Erklären Sie ihm nur, was er zu tun hat." Die Putzfrau grinste mich an. Sichtlich amüsiert meinte sie: „ Da haben Sie auch ganz Recht, Frau Gutbrot!" Sie schickte mich auf den Flur, wo ihr Wagen stand. Ich sollte den Wassereimer, einen Schwamm und einen der trockenen Lappen holen. Widerwillig öffnete ich die Bürotür und spähte vorsichtig nach links und rechts schauend hinaus. Gott sei Dank war niemand zu sehen. Ich ging also, so wie ich war zu dem Wagen und holte die mir aufgetragenen Reinigungsutensilien. Als ich wieder im Büro ankam, saß die Putzfrau auf dem Sessel und Sylvia Gutbrot auf der Armlehne des Sessels. Und dann ließen mich die Beiden die Aufgaben, die normalerweise die Putzfrau zu verrichtet hätte, tun. Zuvor durfte ich mich noch ganz nackt ausziehen. Ich kniete also auf allen Vieren vor den beiden Frauen und reinigte den Teppich. Und als ich fertig war, kontrollierte Frau Meier, welch ungewöhnlicher Name, aber so hieß unsere Putzfrau nun mal, meine Arbeit. Sie gab mir einen laut klatschende Klaps auf meinen nackten Arsch und meinte: Ganz gut, so kann das bleiben!"
„Sag mal, Rosi Du hast doch sicher noch ein paar Aufgaben für meinen kleinen Boy hier, oder?" Ich, immer noch auf allen Vieren den Teppich trocken rubbelnd, drehte meinen Kopf und sah in zwei hämisch grinsende Gesichter. „Oh ja natürlich, das hab ich!" „Du musst mich dabei leider entschuldigen, ich habe heute nämlich noch etwas

vor und ich habe seiner Frau versprochen, ihn nicht vor acht Uhr aus dem Büro zu entlassen, kriegst Du das hin?" „Kein Problem!" Rosi Meier freute sich sichtlich. „Ach ja, seine Klamotten gibst Du ihm erst vorm Nachhause gehen zurück, nicht vorher, OK?"
Die nächste Stunde beschäftigte Frau Meier mich mit Putz- und Reinigungsarbeiten in der gesamten Etage. Bei jedem Geräusch erschrak ich und suchte nach einem Versteck. Rosi amüsierte das sehr.
Und als ich an diesem Abend kurz nach halb neun Uhr endlich zuhause ankam, empfing Marion mich in einem kurzen, schlichten schwarzen Kleid schon an der Haustür. „Na, Du hast heute aber einen langen Tag im Büro gehabt, Schatz! Was war denn?" Sie gab mir ein Begrüßungsküsschen und entschwand in Richtung Küche, ohne wirklich eine Antwort von mir erwartet zu haben, hatte ich zumindest den Eindruck. Ich erhaschte gerade noch einen Blick auf ihren atemberaubend tiefen Ausschnitt am Rücken. *„Einen BH trägt sie jedenfalls nicht!"* stellte ich für mich fest. Ich legte meine Sachen an ihren Platz und folgte meiner Gattin in die Küche. „Sag mal Marion, kennst Du eigentliche eine Sylvia Gutbrot?" fragte ich vorsichtig. „Sylvi! Aber ja natürlich! Die hat damals bei uns in der Bank gelernt, bevor sie Chefsekretärin in Eurer Firma wurde. Warum fragst Du?" „Nur so!" gab ich ausweichend zur Antwort, ging mich frisch machen und zog mir, wie jeden Abend, meinen gemütlichen Jogginganzug an. Marion deckte den Tisch im

Wohnzimmer für uns zwei. Und nur ein paar Minuten später servierte sie uns Schnitzel mit Pommes und dazu gab es einen Salat. Natürlich achtete sie darauf, mir keine Pommes aufzufüllen und ich ließ mir das ohne Widerspruch gefallen.. An diesem Abend war mir nicht mehr nach Wiedersprechen oder irgendeiner Art von Diskussion zumute. Trotzdem erwähnte ich nur so ganz beiläufig, dass ich die nächsten vierzehn Tage wohl auch Überstunden machen müsse. Marions Reaktion darauf war ziemlich aufschlussreich, fand ich. In gespielt mitleidigem Tonfall meinte sie nur: „Ach Du Armer!" Und dabei schmunzelte sie vor sich hin.
Die nächsten zwei Tage im Büro verliefen ähnlich wie der Dienstag. Nach Feierabend musste ich zur Chefsekretärin, um Überstunden zu machen. Nur die Putzfrau blieb mir Gottseidank erspart. Und den Teppich musste ich auch nicht wieder schrubben.
Das Ganze war überdies hinaus auch noch vom Chef höchstpersönlich abgesegnet worden. Natürlich wurde nichts von den Spielchen, die Sylvia mit mir veranstaltete dabei erwähnt. Es hieß nur offiziell, dass ich die nächsten zwei Wochen aus innerbetrieblichen Gründen Überstunden zu leisten habe. Und dass Frau Gutbrot mich nach ihrem Ermessen einsetzen und beaufsichtigen würde. Und das tat sie dann auch! Als ich am Ende des zehnten Abends endlich wieder meine Hosen anziehen durfte, auch den Küchendienst, den Sylvia extra für mich eingeführt hatte, musste ich

„unten Ohne" ableisten, wies unsere Chefsekretärin mich an, an den nächsten Tagen ohne Unterhose zur Arbeit zu erscheinen. „Ich werde das kontrollieren!" fügte sie noch hinzu. Und obwohl ich diese Überstunden doch irgendwie genoss, wer hat schon die Möglichkeit so direkt von einer Domina rangenommen zu werden, ohne dafür zu bezahlen, war ich an diesem Abend ziemlich fertig und gereizt. Und als Marion mich wieder so scheinheilig nach meiner langen Bürozeit fragte, platzte mir heraus: „Du weißt doch ganz genau, warum ich jeden Tag solange im Büro bleiben muss und dass diese Sylvia da ihre Spielchen mit mir treibt. Alles doch nur damit Du hier ungestört rumficken kannst!" Klatsch, Marion verpasste mir eine schallende Ohrfeige, drehte sich um und verließ stehenden Fußes unser Haus.
Am nächsten Morgen, Marion war über Nacht nicht wieder nach Hause gekommen, ging ich wirklich ohne mir eine Unterhose drunter zu ziehen zur Arbeit. Es war ein merkwürdiges Gefühl. Irgendwie kam ich mir, obwohl ich vollkommen angezogen war, nackt vor. Aber ich dachte mir, ich würde mich schon daran gewöhnen. Gegen vierzehn Uhr bekam ich eine Nachricht von Sylvia Gutbrot. Sie wies mich an, ihr eine ganz bestimmte Akte aus der Registratur zu holen. Ich fuhr also mit dem Fahrstuhl in den Keller. Man gab mir die Akte und ich machte mich wieder auf den Weg nach oben. Ich wartete einige Minuten, bis die Fahrstuhltür aufschwang. Drinnen stand Sylvia und grinste mich an. „Komm rein,

mein kleiner Jensi!" Im Fahrstuhl ließ sie mich auf den Knopf zur siebten Etage drücken. Die Fahrstuhltür schwang wieder zu und Sylvia packte mich und schob mich vor sich her in die hintere Ecke. Sie stand jetzt direkt vor mir und ich konnte ihr betörendes Parfüm riechen. Da spürte ich plötzlich ihre Hand an meiner Hose. Und ohne auch nur eine Sekunde zu verschwenden, öffnete sie den Reißverschluss meiner Hose und fasste hinein. Sie ergriff meinen Penis, der unter ihrer Berührung sofort steif wurde. In diesem Moment hielt der Fahrstuhl in der zweiten Etage und herein kamen vier junge weibliche Auszubildende. Die jungen Mädchen tuschelten und kicherten miteinander. Sylvia hatte zwar sofort ihre Hand aus meiner Hose genommen, doch ich befürchtete, *er* könne trotzdem jeden Moment aus der offenen Hose hervorspringen. Ich hielt mir die Akte vor meinen Hosenschlitz, doch Sylvia nahm sie mir aus der Hand und sagte kurz und förmlich: „Danke Herr Sengelmann, Sie können jetzt wieder an ihre Arbeit gehen." Der Fahrstuhl hielt in der fünften Etage. Ich machte mich bereit, so schnell und unauffällig wie möglich an den Mädchen vorbei, den Fahrstuhl zu verlassen. „Ach, und Herr Sengelmann, machen sie sich ihren Hosenstall wieder zu!" Lautes Gejuchtze und Gekicher der Mädchen begleiteten meinen kurzen Weg aus dem Fahrstuhl hinaus.
Dieser Tag im Büro wollte und wollte kein Ende nehmen. Andauernd musste ich daran denken, was Marion diese Nacht wohl gemacht hatte. Und

darüber hinaus erwies es sich als äußerst unpraktisch ohne Unterhose herumzulaufen. Zum Einen kann man den berühmten letzten Tropfen nach dem Pinkeln sofort durch die Anzugshose hindurch sehen; und zum Anderen, zeichnet sich auch jede, nur die geringste Regung des kleinen Mannes sofort sichtbar ab. Als ich zum Beispiel kurz nach der Mittagspause einen Steifen bekam, war das für Jedermann gut zu erkennen. Als endlich die meisten meiner Kollegen in ihr wohlverdientes Wochenende gingen und es ruhiger um mich herum wurde, überlegte ich, ob und wie ich diese peinliche Geschichte am schnellsten beenden könnte. Zunächst einmal musste ich zu Sylvia, - so oder so! Ich räumte meinen Schreibtisch ruck zuck leer und hinterließ alles so ordentlich, wie ich es immer tat vor einem Wochenende. Und dann machte ich mich auf den Weg in die Chefetage. Ich stand vor Sylvia Gutbrots Bürotür und zögerte einen Augenblick, doch dann klopfte ich doch an. „Herein!" Sylvias Stimme ertönte klar und fest. Ich öffnete die Tür, trat ein und erschrak. „Marion! Wo kommst Du denn her und wo bist Du gewesen, letzte Nacht?" „Rumficken!" Marions Augen funkelten, als sie mir wütend direkt in meine Augen sah. „Was stehst Du da so unnütz rum? Zeig was Du gelernt hast. Zieh Dich aus, bring Deinen Schwanz in Form und dann runter auf die Knie, aber ein bisschen dalli!" donnerte Sylvia mich an. Ich wollte gerade widersprechen, da verpasste mir Sylvia eine kräftige Ohrfeige. Mein zaghaft aufgekommener Widerstand war durch diesen Schreck sofort dahin. Marion grinste mich hämisch an und sah mir höchst amüsiert dabei zu, wie ich mich entkleidete. Mein Penis war schon wieder halbsteif, noch bevor ich meine Unterhose auszog. Ich konnte nichts dagegen tun. „Siehst du Marion, es gefällt ihm, was ich hier mit ihm mache. Komm her, Boy!" Sylvia, die die ganze Zeit über mit den Händen in den Hüften vor mir stand, drehte sich jetzt um und ging zu ihrem Schreibtischstuhl. Ich folgte ihr auf allen Vieren und Marion verfolgte mich mit spöttischen Blicken. Sylvia setzte sich sehr gerade auf ihren Stuhl, ihre Beine hatte sie eng zusammengestellt. Sie gab mir mit einem Zeichen zu verstehen, dass ich mich jetzt über ihre Knie legen solle und ich tat es ohne ein Widerwort. Dann versohlte Sylvia mir in Marions Beisein kräftig meinen Hintern. Ich weiß nicht wie lange sie mir schon mit der flachen Hand das Fell gegerbt hatte, als sie „Marion, Du bist jetzt dran!" rief. Sie ließ mich aufstehen und die Damen tauschten kurzerhand die Plätze. Vor mir auf Sylvias Schreibtischsessel saß jetzt meine Frau, die mich übers Knie legen wollte. Und ein Blick in ihre Augen verriet mir, dass sie es ernst damit meinte. Und keine zwei Minuten später lag ich über Marions Knien und meine Frau versohlte mir ordentlich meinen Arsch und das nicht weniger kräftig als Sylvia zuvor. „Ja gut so!" hörte ich Sylvias Stimme. „Und das braucht er ab jetzt täglich von Dir, meine Liebe!" Die beiden Frauen lachten herzlich und Marion schien Gefallen daran

gefunden zu haben, denn wieder und wieder ließ sie ihre flache Hand auf meinen inzwischen schon ganz schön geschunden Hintern katschen. „Steh auf Jens, Du wirst mir langsam zu schwer!" „Hier herüber, du Kleines Arschloch und bück Dich über den Schreibtisch!" Sylvia schien voll in ihrem Element zu sein. Sie ging an einen der Schränke, machte ihn auf und ließ ihre Hand über Stöcke, Peitschen und sonstiges Schlagwerkzeug wandern, die dort fein säuberlich aufgehängt waren. Dabei achtete sie sehr genau darauf, dass meine Blicke ihr folgten. Schließlich holte ein schwarzes Lederpaddel mit einem kunstvoll verzierten Griff hervor. Das Paddel war mit Griff in etwa vierzig Zentimeter lang und sieben Zentimeter breit. Sie reichte es Marion, die mich anfuhr: „Was glotzt Du denn so bescheuert? Hast Du etwa gedacht, es wär schon Schluss?" Und damit ließ sie jetzt das Lederpaddel anstatt ihre flache Hand auf meinen armen Hintern sausen. Und während sie mich weiter verprügelte, bekam ich allerlei Regeln für mein zukünftiges Benehmen von ihr zu hören. Aber ich muss gestehen, dass ich mir keine wirklich merkte, bis auf. „Und wenn Du in Zukunft nicht tust, was man Dir sagt, setzt es noch viel mehr Hiebe!"
Endlich ließ Marion von mir ab. Ich blieb über den Schreibtisch gebückt liegen und wagte es nicht, mich zu bewegen. „Na das war doch mal eine schöne Lektion, die Dir Deine Frau da erteilt hat, was Jensi!" freute sich Sylvia. „Komm jetzt hierher! Eine Kleinigkeit gibt es noch zu lernen

heute." Folgsam und mit etwas wackeligen Beinen stellte ich mich vor Sylvia hin. Die nahm so ein kleines Plastikteil von ihrem Schreibtisch. Dann wandte sie sich Sylvia zu und erklärte ihr, dass das Folgende unerlässlich wäre, um den kleinen Schlawiner da, sie deutete auf mich, unter Kontrolle zu halten. Sie hielt mir das Gerät unter die Nase. „Dies, mein Kleiner ist ein Keuschheitskäfig. Der wird es Dir in Zukunft unmöglich machen, an Deinem Schniedel herumzuspielen, wann immer es Dir passt." Ich besah mir das Teil. Genau genommen waren es zwei Teile, ein zu öffnender Ring mit einem inneren Durchmesser von ungefähr vier Zentimetern und eine Art Röhre, leicht gebogen, etwas über zwei Zentimeter dick und ca. fünf bis sechs Zentimeter lang. Sylvia griff meinen Sack und hob ihn an. Sie umschloss das untere Ende meines Hodensacks und meines Penis an der Wurzel mit dem Ring und schloss ihn. Dann nahm sie das Röhrchen und stülpte es über meinen schlaffen Pimmel. Sie verband die beiden Teile miteinander und verschloss das Ganze mit einem goldenen Vorhängeschloss, das zwar ziemlich klein, aber doch sehr stabil zu sein schien. Den Sicherheitsschlüssel gab sie Marion. „So Marion, jetzt bestimmst Du, wann Dein Mann einen Steifen haben darf und wann nicht. Heute und in den letzten Tagen im Büro jedenfalls war das schon kaum noch mit anzusehen, wie undiszipliniert sich das kleine Ferkel hier verhielt! Mit diesem Käfig wird ihm so etwas in Zukunft jedenfalls unmöglich sein. Solange er den trägt, ist sein Schniedel nur noch zum pinkeln da und zu mehr nicht!" Ich besah mir von oben, was Sylvia mir da angelegt hatte. Tatsächlich war vorne eine Öffnung zum Pinkeln. Ich fand die Situation peinlich, sehr peinlich aber zugleich auch irgendwie geil. Aber so wie es Sylvia prophezeit hatte, füllte mein Penis seine Hülle zwar aus, ja es wurde sogar richtig eng in der Röhre, aber mehr war auch nicht drin. „ Ja, das gefällt mir! Genau was er braucht, vielen Dank Sylvi!" sagte meine Frau und gab ihrer Freundin einen Kuss. „So Schatz! Und Du ziehst dich jetzt bitte wieder an und fährst uns nach Hause, Ok?"

Der große Moment...

Als wir Zuhause angekommen waren, begab sich Marion sofort ins Schlafzimmer. Ich stellte vorsichtshalber keine Fragen, damit hatte ich mir letztes Mal auch nur ´n Arschvoll eingehandelt. Ein paar Minuten später kam sie mit einer gepackten Sporttasche wieder zurück. „Hab ich noch was vergessen?" fragte sie, aber ich wusste, die Frage galt nicht mir. „Den kurzen Rock, das durchsichtige Top, ein paar geile Dessous, Schminkzeug, Zahnbürste, Zahnpasta, ich glaub´ ich hab alles." „Marion?" „Ja Schatz, was gibt es?" „Kannst Du mir nicht wieder dieses Ding hier abnehmen?" „Ach, der Herr will wohl wieder an seinem Pimmel herumspielen, so wie im Büro, wie? Anstatt sich dafür zu interessieren, was ich hier mache, wo ich hin will, oder was Deine Frau gerade vor hat, interessiert Dich nichts anderes, als Dein Vergnügen! Nein, nein mein Lieber, Du wirst solange schön brav und keusch bleiben bis ich wieder da bin. Und ob ich morgen oder erst übermorgen wieder nach Hause komme, hängt von meinem Geliebten ab und davon, wie oft und wie lange wir uns lieben werden, oder wie Du es so schön formuliert hast, miteinander rumficken! Kann sein, dass ich nur sehr wenig Schlaf bekomme zwischendurch. Also nerv mich nicht, wenn ich wieder da bin!"
Damit schnappte sie sich ihre Tasche, griff sich unsere Autoschlüssel und im nächsten Moment

war sie verschwunden. Ziemlich am Boden zerstört nach diesem Abgang von Marion und der Tortur im Büro holte ich mir erst mal ein Bier. Es wurden schnell ein paar daraus. Und wenn man an etwas nicht denken will, na sie kennen das sicher alle! Dieser Käfig, in dem mein armer Schniedel gefangen war, regte mich auf. Ich zog mir die Hose aus und ging an meine Werkzeugkiste. Die Verbindung zwischen den beiden Kunststoffteilen war aus drei bis vier Millimeter dickem Stahl, mit dem Seitenschneider wurde ich da nichts. Und auch der Versuch das Vorhängeschloss mit dem Schraubenzieher aufzuhebeln, schlug fehl, zumal das doch ein sehr sensibler Ort war, an dem ich da herumhantierte. Ich war ratlos. Also beschloss ich alleine zu Bett zu gehen und zu schlafen. Doch schon kurze Zeit später zeigte das Bier seine Wirkung. Und auf Klo musste ich dann feststellen, dass ich mit diesem Apparat an meinem Pimmel mehr zur Frau gemacht wurde, als ich es mir vorher hätte träumen lassen. - Stehend pinkeln war nicht mehr möglich. Auf diesen Schreck genehmigte ich mir gleich noch ein Bier und schlief danach wenigstens ziemlich lange durch. Am nächsten Morgen machte ich mir, leicht verkatert, ein Frühstück. Und, schließlich war ich allein im Haus, ließ ich mich von ACDC, volle Lautstärke, berieseln. Der Vormittag erschien mir endlos. Dauernd musste ich daran denken, was Marion wohl gerade mit ihrem Lover veranstaltete. Und jedes Mal, wenn ich daran dachte, strämmte

mein Schniedel unheimlich in seiner unnatürlichen Behausung.
Aber auch der Rest dieses Tages zog sich schier endlos dahin, ohne ein Anzeichen von Marion. Es war gegen fünf Uhr nachmittags. Ich hatte mir gerade wieder ein Bier geöffnet und beschlossen, den heutigen Abend so zu beenden, wie den gestrigen, als Marion zur Wohnzimmertür herein kam. Sie trug den kurzen Rock, den sie gestern eingepackt hatte. Ihre hochhackigen Pumps, die sie dazu anhatte, ließen ihre Beine gleich noch länger aussehen. Und ihre Bluse, die sie vorne oberhalb des Bauchnabels zusammengeknotet hatte, wobei sie, wenn überhaupt, nur zwei Blusenknöpfe geschlossen hatte, machte das Bild perfekt. Unter der weit offenen Bluse konnte man gut ihren schwarzen Spitzen- BH sehen. Irgendwie erinnerte mich ihr Outfit an diese Faschingsveranstaltung, die wir vor Jahren einmal besucht hatten und wo Marion sich als Schulmädchen verkleidet hatte. Und ich fand, sie sah heute noch genauso zum anbeißen aus, wie damals.
Sie stand im Türrahmen und lächelte mich an. „Hallo Schatz, darf ich Dir meinen Freund vorstellen?" Sie streckte ihren linken Arm Richtung Flur aus und herein kam ein junger Mann, groß, schlank, gutaussehend mit einem strahlenden Lächeln auf den Lippen. „Markus, das ist mein Ehemann." „Jens, das ist Markus." Und dann küssten die Beiden sich heiß und innig vor meinen Augen. Ich sah, wie sie sich gegenseitig ihre Zungen in die Münder stopften und damit

herumspielten. Dabei streichelte der junge Mann über Marions Oberschenkel und fuhr ihr mit seiner Hand unter den Rock. Völlig ungeniert ließ sich meine Frau von diesem Mann verführen. Und meine Gegenwart störte sie dabei nicht im Geringsten.
„Um Himmels Willen Marion, befrei mich von diesem fürchterlichen Ding!" Ich fasste mir zwischen die Beine. Die beiden hörten auf zu knutschen. Und dann tat Marion so, als ob sie erschrak. Sie sah mich zunächst mitleidig an, dann schmunzelte sie und holte den Schlüssel, den sie um ihren Hals an einem Lederband trug, hervor. „Ach herrjeh, Du Armer! Du trägst ja noch den Keuschheitskäfig." „Was, Du hast Deinen Mann zur Sissy gemacht? Das will ich sehen!" Markus grinste mich breit an. „Gerne Liebling!" Marion grinste jetzt ebenso breit, allerdings in Richtung ihres Freundes. Dann wandte sie sich wieder mir zu, dabei ließ sie ihre Mundwinkel sofort wieder fallen. „Du hast Markus gehört, Jens! Hose runter, wird´s bald!?" Die Beiden kamen jetzt Arm in Arm langsam auf mich zu und blieben direkt vor mir stehen, immer noch mit diesem Grinsen im Gesicht. Und bevor es wohlmöglich noch Streit gegeben hätte, habe ich mir lieber gleich meine Jogginghose ganz ausgezogen. Außerdem hoffte ich immer noch, dass Marion mir diesen inzwischen schon wieder unangenehm eng gewordenen Käfig von meinem Schniedel abnahm und da war mir auch die Anwesenheit dieses Markus' egal. Mit einem Wink ihrer linken Hand

gab Marion mir zu verstehen, dass ich mir auch mein T-Shirt ausziehen solle und ich folgte ihrem Wink. Völlig nackt stand ich nun vor meiner Frau und ihrem Geliebten, der sichtlich amüsiert das Teil, in dem mein Penis gefangen war, beäugte. Dann flüsterte er Marion etwas ins Ohr und die stimmte freudig zu. „Jens, mein Schatz, heute ist Dein Glückstag! Markus hat zugestimmt, dass Du uns beim Ficken zusehen darfst. Allerdings nur als unser Dienstmädchen. Du wirst Dich also jetzt entsprechend von mir zurecht machen lassen, oder uns eben nicht zusehen dürfen. Du hast die Wahl."
„Also gut!" willigte ich ein. „Aber Marion, was ist hiermit?" Ich deutete auf meinen armen gefangenen Schniedel. „Den Keuschheitskäfig behältst Du selbstverständlich an. Wie sähe das denn aus, ein Dienstmädchen mit einem Ständer unterm Rock? Nein wirklich, das geht beim besten Willen nicht, mein Schatz!" „Na das wird ja wohl ein Weilchen dauern, Was? Dabei will ich Euch Mädels auch nicht stören. Ich bleib hier und nehm mir ein Bier, Liebling." Meinte Markus, ging Richtung Küche und gab mir im vorbeigehen einen Klaps auf meinen nackten Hintern. Marion nahm mich mit ins Badezimmer. „So meine Süße, dann werde ich Dich mal hübsch machen. Schließlich sollst Du meinem Markus ja auch gefallen. Aber zuerst rasierst Du dich mal -und zwar überall!" Ich sah Meine Frau etwas verständnislos an. „Na Du weißt schon, unter den Achseln, die Beine, Dein Kinn sowieso und nicht zu vergessen, die Schamhaare. Ich werde Dir derweil etwas

Hübsches zum Anziehen raussuchen." Marion schien dieses Spiel sehr zu gefallen. Fröhlich verließ sie das Badezimmer. Und ich begann mich zu rasieren. Ich ließ meinen Elektrorasierer über meine Beine fahren. Das ziepte zwar ein bisschen, aber so ging das Rasieren doch einigermaßen fix. In den Achselhöhlen funktionierte das auch. Ich war gerade bei den Schamhaaren in Gange, als Marion wieder herein kam. „Ja, das sieht doch schon richtig gut aus. Stell Dich mal hin und bück Dich!" Und als ich tat wie mir geheißen und vornüber gebückt da stand, meinte sie: „Das hab ich mir doch gedacht. Zieh Dir mal deine Arschbacken auseinander und gib mir mal deinen Rasierer." Und dann rasierte Marion mir die Haare rund um meine Rosette weg. Einen kurzen Moment später schien sie zufrieden mit ihrem Werk zu sein. „Zuerst werde ich Dich jetzt mal schminken Jens, das volle Programm. Das hast Du wirklich nötig! Und außerdem weist Du dann auch endlich mal wie sich das anfühlt, was wir Frauen täglich tun, nur um Euch Männern zu gefallen! Und dann wirst Du ganz in die Rolle eines richtigen Dienstmädchens schlüpfen. Und dazu brauchen wir natürlich auch noch einen neuen Namen für Dich. Wie hieß nochmal die kleine Schlampe mit der Du mich damals betrogen hast?" „Andrea?" „Richtig, Andrea! Also ab sofort wirst Du auf den Namen Andrea hören, mein kleines geiles Mädchen, hast Du verstanden?" Ich nickte und Marion begann mich zu schminken. Sie brauchte eine Menge Schminke und sie trug auch

eine Menge Rouge auf meine Wangen auf und war auch keineswegs sparsam mit dem Lidschatten. Zum Schluss zog sie mir noch schwarze Linien mit ihrem Mascara Stift um die Augen auf und tuschte mir die Wimpern. Zu guter Letzt bemalte sie noch meine Lippen.
Dann führte sie mich ins Esszimmer, wo sie mir meine Kleidung für den heutigen Abend zurechtgelegt hatte. „So meine kleine Andrea, das hier wirst Du jetzt anziehen. Ein Höschen brauchst Du nicht. Fang am besten mit den Strümpfen an." Marion half mir dabei die langen schwarzen Nylonstrümpfe über meine Beine so hoch wie möglich zu ziehen. „Lass mich das machen, Du zerreißt sie sonst noch, ungeschickt wie Du bist!" Sie band mir den Strumpfhaltergürtel um und befestigte die Strapse an den Strümpfen. Das Gefühl verursachte wieder einmal schmerzlichen Druck in dem kleinen Keuschheitskäfig. Marion störte das überhaupt nicht. Sie fand scheinbar wirklich großen Gefallen daran, mich in eine Frau zu verwandeln. „Komm her und stell Dich hier hin!" kommandierte sie. Und dann legte sie mir ein Korsett an. Sie zog es ordentlich straff in der Taille. „Für eine Frau hast Du doch einen recht unvollkommen Körper." Kommentierte sie und zog noch mal kräftig nach. Und dann reichte sie mir ein kurzes, schwarzes Satinkleid. „Das habe ich extra schon vor einiger Zeit für Dich gekauft." Sagte sie stolz. Und es passte tatsächlich wie angegossen. Dazu standen sogar ein Paar Frauenlackschuh passend in schwarz und in meiner

Größe bereit. „Hast Du nicht noch eine Perücke für deine Sissy?" Markus kam geradewegs zur Tür herein und musterte mich. „Oh ja , Liebling! Das ist eine gute Idee. So wird unsere Andrea perfekt aussehen, wenn sie uns gleich bedient!" freute sich Marion und verschwand kurz. Aus irgendwelchen entlegenen Ecken unseres Hauses hatte sie dann tatsächlich eine Perücke aufgetrieben. Und kurze Zeit später schmückten meinen Kopf schwarze lange Haare.
„Sehr schön!" meinte Marion, „Jetzt, mein Schatz kommt Dein großer Moment! Du darfst meinem Freund und mir tatsächlich dabei zusehen, wie wir uns lieben. Das wolltest Du doch immer, oder?" Sie erwartete keine Antwort von mir, denn im selben Moment küsste sie ihren Liebhaber schon wieder heiß und innig. Ich sah wieder dabei zu, wie sie sich gegenseitig ihre Zungen jeweils in den Mund des Anderen schoben, so als handele es sich hierbei um einen Wettstreit, den jeder von Beiden unbedingt für sich entscheiden wollte. Und dabei fummelten sie unablässig jeweils zwischen den Beinen des Anderen herum. Die Hose von Marions Lover zeigte schon eine mächtige Ausbeulung, als Marion schließlich ihren Markus hinter sich her Richtung Schlafzimmer zog. Ich folgte den Beiden in einigem Abstand.
Als ich im Schlafzimmer ankam, standen sie schon wieder eng umschlungen und knutschend da, dieses Mal allerdings direkt vor unserem Ehebett. Und währenddessen zogen sie sich gegenseitig aus. Mich schienen sie dabei völlig vergessen zu haben.

Endlich waren Beide völlig nackt. Der Penis von Markus stand steil in die Höh und Marion streichelte ihn zärtlich. Dann bückte sie sich zu ihm hinunter und gab ihm einen Kuss auf die Spitze seiner Eichel. Marion schubste ihren Liebhaber zärtlich aufs Bett und krabbelte hinter ihm her. Und als er es sich gerade bequem auf unserem Bett gemacht hatte, er saß ziemlich aufrecht an die Wand gelehnt, war Marion auch schon mit Ihrem Kopf genau auf Höhe seines, vor freudiger Erwartung zuckenden Schwanzes angelangt. Und er brauchte sie nicht lange zu bitten. Wie selbstverständlich schnappte sie sich sofort seinen Penis, nahm ihn zärtlich in ihre Hand, leckte einmal drum herum und schob ihn sich dann genüsslich in ihren Mund. Schmatzend und saugend blies sie ihm seinen harten Kolben. Sie zog ihn sich so tief, sie nur konnte in ihren Rachen und grunzte dabei geil. Markus stöhnte ebenfalls erregt und geil gemacht durch diese, überaus sehenswerte Behandlung seines besten Stücks. „Nicht so Doll, Liebling! Ich spritz sonst gleich schon ab." Markus griff nach Marions Kopf und zog ihn zärtlich zu sich hoch. „Macht doch nichts, ich liebe den Geschmack Deines Spermas!" „Mag ja sein, aber Dein Ehemann sollte doch zu sehen bekommen, wie ich Dich hier jetzt ordentlich durchficke, oder?" Marion drehte ihren Kopf kurz zu mir und lächelte. „Oh ja, Du hast Recht! Den hatte ich schon ganz vergessen! Also pass gut auf und sieh genau hin mein Schatz, wie Markus mich jetzt vor Deinen Augen nimmt!" Ihre Worte waren noch nicht ganz verklungen, da beugte sie sich auch schon, immer noch auf ihren Knien, nach hinten. Und zwar soweit, bis sie mit weit gespreizten Beinen vor ihrem Lover auf ihrem Rücken zu liegen kam. Ihre Füße hatte sie dabei direkt unter ihren Pobacken behalten. Dieser Anblick gefiel ihrem Markus offensichtlich. Er leckte sich die Finger und griff damit sofort nach Marions Fotze. Er bearbeitete sie eine Weile mit seinen Fingern und rutschte dann schnell nach vorne, direkt über sie. Marion befreite indes ihre Füße, stemmte sie aufs Bett und hob erwartungsvoll ihr Becken ihrem Liebhaber entgegen. Und quasi im selben Augenblick ließ dieser dann auch seinen großen, harten Schwanz mit nur einer einzigen Bewegung komplett in Marions Möse verschwinden. Meine Gattin stöhnte geil auf. und dann begannen die Beiden sofort Bewegung in ihr Liebesspiel zu bringen. Markus hielt Marions Po mit beiden Händen fest, während er sie mit kräftigen Stößen vögelte. Die hohen, lustvollen Seufzer, die Marion im Rhythmus in dem ihr Liebhaber sie vögelte, von sich gab, trieben mich fast in den Wahnsinn. Der Schmerz an meinem Schniedel, der sich unbedingt aus seinem Käfig befreien wollte, tat ein Übriges. Jetzt war´s soweit! *Das* wurde mir eindeutig zu viel! Ich sprang von der Bettkante auf und schrie: „Marion!" Etwas verstört, oder vielmehr gestört und dadurch zu Recht verärgert, sahen Beide mich wütend an. „Was? Das ist es doch, was Du immer wolltest!" „Aber nicht so!" Ich hob meinen Rock hoch und sah an mir herab. Dabei zeigte ich auf diesen bescheuerten Keuschheitskäfig. „Ok!" Marion griff nach dem Band mit dem Schlüssel um ihren Hals, zog es sich mühsam über den Kopf und warf es mir zu. „Dann verschwinde jetzt aus unserm Schlafzimmer und wichs Dir einen!" fauchte sie mich an.

Wie weit das gehen kann ...

Endlich war ich dieses vermaledeite Teil, das meinen Schwanz fast volle vierundzwanzig Stunden lang im Zaum gehalten hatte, los!
Dass ich in diesem Moment geil gewesen wäre und mir hätte einen wichsen wollen, wie Marion es mir ja noch so nett hinterhergerufen hatte, kann ich nicht behaupten. Ganz im Gegenteil, ich war eher angewidert von Alldem. Ich pellte mich aus dem Dienstmädchenkleid und den anderen Frauensachen, die so gar nicht zu mir zu passten und ging erst einmal duschen.
Unvorstellbar wie lange es dauerte, bis ich endlich die Schminke und die ganze Farbe wieder aus meinem Gesicht raus hatte. Aber es ist mir schließlich doch noch gelungen, all das Zeug abzubekommen. Am liebsten hätte ich mir noch meine Haare, die Marion mich hat entfernen lassen wieder angeklebt, aber das ließ sich leider nicht so schnell wieder rückgängig machen. Egal, das was ich jetzt als Nächstes brauchte, war etwas zum Anziehen. Ins Schlafzimmer zu den beiden Turteltauben wollte ich auf gar keinen Fall zurück. Also kramte ich im Wäschekorb zwischen der schmutzigen Wäsche herum und fand alles, was ich brauchte; sogar eine Unterhose.
Fertig angezogen ging ich nochmal ins Wohnzimmer zurück, legte die Sachen, welche mich eben noch zum Dienstmädchen haben werden lassen, ordentlich zusammengelegt auf den Tisch

im Esszimmer zurück. Den Keuschheitskäfig für meinen Schniedel packte ich obendrauf, sah mich noch einmal kurz um und lauschte. Die Geräusche aus unserem Schlafzimmer waren eindeutig und nicht zu überhören. Ich griff mir mein Portmonee, fischte mir aus Marions Handtasche den Autoschlüssel heraus und verließ unser Haus.
Ich wusste zwar nicht so genau, wo ich hinfahren sollte, aber Hauptsache weg von hier. Und so fuhr ich zu allererst in die kleine Kneipe, die mir im Laufe der letzten Jahre so ans Herz gewachsen war. „Na was ist Dir denn für ´ne Laus über die Leber gelaufen?" scherzte der Wirt, als er mich sah. „Frag nicht, mach mir lieber ein Bier und zwar ein großes!" Ich setzte mich an den Tresen und sah mich um. „Sag mal, bin ich der einzige Gast hier?" „Ja mit Rücksicht auf Deine Laune sind die anderen lieber weggeblieben." „Sehr witzig!" Ich merkte, dass ich tatsächlich nicht besonders gut gelaunt war und dass es nicht besonders fair war meine schlechte Laune auch noch zu verbreiten. „Mach doch ´n bisschen Musik an. Das hebt die Laune." Schlug ich vor. „Was darf´s denn sein, ACDC?" Ich hob den Daumen. Nach zwei Bier und einer fast wortlosen Unterhaltung bei guter Musik zahlte ich und ging. Ich hatte eine Idee. Einige Minuten später stand ich vor Holgers Haustür und klingelte. „Welch seltener Gast! Was verschafft mir die Ehre?" „Genau genommen bin ich kein seltener Gast, ich war noch nie hier! Und, darf ich trotzdem reinkommen?" Holger war wirklich völlig verdutzt. „Äh, natürlich, komm

rein! Wo ist Marion?" „Ich bin allein hier." Wir gingen in seine kleine Wohnung, die er mir kurz zeigte. Und nach dieser kleinen Führung landeten wir auf seinem Sofa. Holger stellte uns zwei Bier hin und wartete geduldig auf das, was da kommen würde. Es dauerte eine ganze Weile und zwei weitere Bier, bis ich ihm endlich eröffnete, dass ich Marion wohl auch verlassen werde, so wie er seine Ulrike verlassen hatte. „Aber das darf doch nicht wahr sein! Das zwischen Uli und mir war damals doch etwas völlig Anderes!" Holger war sichtlich überrascht und entsetzt zugleich. „Deine Marion liebt Dich doch und zwar *nur* Dich! Bei Uli und mir konnte davon keine Rede mehr sein." „Naja Liebe und Liebe! - Marion geht doch am liebsten so oft es nur geht mit Anderen ins Bett, da kannst Du doch wohl auch ein Liedchen von singen, oder?" „So ein Blödsinn! Diese Geschichte damals im Harz, auf die Du da anspielst, ist nur passiert, weil Marion mich davon überzeugt hatte, dass Du völlig darauf abfahren würdest, sie mal mit einem anderen Kerl beobachten zu dürfen. Natürlich ist Deine Frau kein Mauerblümchen, oder prüde, oder sowas. Und ein Kind von Traurigkeit ist sie wohl auch nicht gerade. Wenn ich nur daran denke, wie sie bei unseren Betriebsfeiern auftritt…" Es verschlug Holger kurz den Atem und einige Sekunden lang blickte er sprachlos vor sich hin lächelnd ins Leere. „Aber sie hatte niemals einen von uns Männern rangelassen und wir haben es alle versucht, das darfst Du mir glauben!" „Naja, soviel Du weißt, oder?" warf ich in ziemlich ungläubigem Ton ein. „Nein mein Lieber! Deine holde Gattin hat uns alle abblitzen lassen!" „Und diese Geschichte im Harz?" Umständlich begann Holger mir zu erklären, dass das alles irgendwie ein Missverständnis gewesen sei. Er habe bei der Sache nur mitgemacht, weil Marion ihn davon überzeugt habe, dass es mich unheimlich antörnen würde, sie mal mit einem anderen Mann beim Sex beobachten zu dürfen, wiederholte er mehrmals. „Ich habe ihr das echt geglaubt!" Ich sah ihn an und grinste. „Wirklich! Außerdem erklärte Marion mir damals, sie würde freiwillig nie etwas mit einem fremden Mann anfangen, aber bei mir sei das etwas Anderes, ich gehörte ja quasi zur Familie." Holger nahm einen kräftigen Schluck aus seiner Bierflasche. Es schien mir, als bräuchte er eine Pause. Also trank ich mein Bier in einem Zug aus und hielt ihm die leere Flasche entgegen. Er nahm sie, trank sein Bier ebenfalls aus und holte uns zwei neue Flaschen. Eine Weile lang saßen wir nur da und tranken. „Aber gevögelt hast Du sie dann doch, oder?" platzte es mir plötzlich heraus. Ich konnte selber nicht so genau sagen, warum. „Oh ja, und wie! Ich glaube, diese Nacht hatte ich den besten Sex, den ich jemals mit einer Frau hatte!" Holger sah wieder ein paar Sekunden lang träumerisch ins Leere. Dann fügte er hastig hinzu: „Aber am nächsten Morgen, als Du so sauer am Frühstückstisch reagiertest, dachte ich Marion hätte mich nur zu ihrem Vergnügen verführt." „Tja, zu meinem wohl kaum, dann wäre ich doch wohl zumindest dabei gewesen, oder?" Holger

blickte verlegen auf den Boden. „Daran hatte ich zu der Zeit überhaupt nicht gedacht. Und nachdem ich sah, wie überrascht und entsetzt auch Marion war, glaube ich, sie auch nicht. Tschuldigung!" Es wurde peinlich still. „Ach vergiss es, Holger! Lass uns lieber noch Einen trinken. Nur eins noch, wieso meintest Du, dass Marion mich und *nur* mich lieben würde. Und wieso sollte ich sie nicht verlassen?" „Tja also, " Holger zögerte kurz, doch dann fuhr er fort: „Zum Einen, weil sie es jedem gesagt hat." „ Hä?" „Marion, sie hat jedem Kerl, der sie anbaggern wollte, gesagt, dass sie glücklich verheiratet sei und dass sie ihren Mann ebenso liebe, wie er sie. Bei den meisten Männern wirkte das und sie ließen sie in Ruhe." „Und bei den anderen?" „Sag mal Jens, allmählich glaube ich doch, dass es Dich eher geil macht, wenn Deine Frau es mit anderen treibt, als dass es Dich eifersüchtig macht!" „Hm, könnte stimmen." Gab ich zu. „Was?!" Holger schien sich jetzt wirklich richtig aufzuregen. „Ich habe mit Marion seit unserem Harzerlebnis nicht mehr gesprochen!
- Weil ich geglaubt habe, sie hatte mich angelogen, was Dich und Deine Vorlieben anging!" Holger sah mich an. Er schien wirklich irgendwie wütend zu sein, aber da war auch noch etwas Anderes in seinem Blick, das ich mir nicht so recht erklären konnte. Eine Weile lang schwiegen wir, dann meinte Holger plötzlich: „Ich glaub´ ich geh jetzt zu Bett. Ich muss morgen früh raus. Du kannst ja noch ´n paar Videos gucken, wenn Du willst." Er zeigte mir, wo er seine Filme abgespeichert hatte

und wie ich sie abrufen konnte. Dann ging er doch ein wenig schwankend nach nebenan in sein Schlafzimmer.
Ich stöberte in Holgers Festplatte herum, ob mich irgendein Filmtitel ansprang. Einige der Titel waren eindeutig Titel von Pornofilmen. Ich machte den Fernseher an und wählte einen Film aus mit dem Titel „Westendboys".
Nach einer kurzen Musik und der Vorstellung der Schauspieler, von denen mir keiner bekannt war ging der Film auch schon los: Ein junger Mann fuhr über einen langen staubigen Highway in einem einigermaßen schäbigen Auto. Er war eigentlich viel zu gut gekleidet für diese Szene. Die Kamera schwenkte auf den Beifahrersitz. Ein angebrochener Schokoriegel, eine Schachtel Zigaretten, einige Zettel und ein Feuerzeug lagen dort ziemlich schlampig herum. Der junge Mann griff nach den Zetteln und hielt sie sich während der Fahrt vor die Augen. Einen nach dem anderen warf er zurück, bis er offenbar den gesuchten gefunden hatte. Die Musik wurde wieder etwas lauter und einige Namen liefen über den Bildschirm. Dann erschien hinter dem Auto des jungen Mannes ein Polizeiauto. Aha scheinbar sollte es jetzt etwas Action geben. Doch leider nein, das Polizeiauto fuhr einfach an dem Auto des jungen Mannes vorbei. Dieser war inzwischen ins Schwitzen geraten und er lockerte seine Krawatte. Ja, tatsächlich dieser junge Mann trug eine Krawatte, irgendwo auf so 'nem Highway durch die Wüste. Ich überlegte gerade den Film

auszuschalten, als die Szenerie wechselte. Das Auto des jungen Mannes hielt vor einer Villa, einer wirklich schöne und luxuriöse Villa! Mindestens zweihundert Quadratmeter Wohnfläche als Bungalow, schätzte ich. Die Kamera schwenkte über den Garten hinweg zum Pool. Genial, wirklich sehenswert! Ich stand auf, holte mir noch ein Bier und ließ den Film einfach weiterlaufen. Als ich zurückkam hatte der junge Mann sein schäbiges Auto wohl gerade direkt vor der traumhaften Villa geparkt. Erstieg aus, zurrte sich seine Krawatte wieder zurecht und holte eine Aktenmappe aus dem Auto. Dann griff er sich noch ein Jackett vom Rücksitz und zog es über. *Etwas übertrieben bei den offensichtlich sommerlichen Temperaturen*, dachte ich. *Aber ging es mir nicht oftmals genauso, wie dem armen Kerl in diesem Film?* Trotzdem, allmählich dürfte in diesem Film auch mal was passieren!
Der junge Mann ging zu dem gusseisernen Tor der Villa und läutete. Ein Summton erklang und der junge Mann stieß die Tür vor sich auf. Er ging in den Garten und sah sich um. Zielstrebig ging er zu einer Terrasse etwa zwanzig Meter links vor dem Haus. Zwischen der Terrasse und dem Wohnhaus lag nur der Pool. Ein dunkelhaariger Mann, um die vierzig kam aus dem Haus. Er trug blaue Boxershorts und ein knappes, weißes T-Shirt. An seinen nackten Füßen hatte er Flipflops. Der Mann sah recht durchtrainiert aus und seine Haut war gut gebräunt. Die Beiden begrüßten sich.

Man konnte die Verlegenheit des jungen Mannes spüren, der irgendetwas von Hausversicherung stammelte. Der ältere musterte den Jüngeren von unten bis oben und bot ihm dann an, sich zu setzen und sein Anliegen näher darzulegen. Dabei stellte er sich neben den Gartenstuhl, auf dem der junge Mann Platz nahm und legte dem jungen Mann eine Hand auf die Schulter. Die Kamera fuhr jetzt langsam den Körper des älteren Mannes von den Füßen angefangen empor. Als das Bild endlich bei den Shorts angekommen war, gewährten diese einen tiefen Einblick. Unter den Shorts war der Kerl völlig nackt. Sein prächtiger Schwanz baumelte gut sichtbar aus dem einen Hosenbein. Die Kamera zog auf und ich bekam die Augen des jungen Mannes, die wie gefesselt auf das Hosenbein und den daraus hervor lugenden Penis gerichtet waren, zu sehen. Und ich muss gestehen, auch ich wurde bei diesem Anblick geil. Ich hätte bestimmt nicht gezögert dem Kerl in seiner so offenherzigen Shorts sofort einen zu blasen. Nicht so der junge Versicherungsvertreter in dem Film, der wurde nur immer unruhiger und konnte seinen Blick nicht mehr von dem langsam steif werdenden Pimmel abwenden. „Na mein Kleiner der gefällt Dir wohl!" grinste der kurzbehoste Kerl den anderen an. „Zieh mal Dein Jackett aus, ist doch viel zu warm!" Der junge Vertreter stand auf und zog sich sein Jackett aus, dabei fasste ihm der andere völlig ungeniert zwischen die Beine. Und im nächsten Augenblick zog er den jüngeren an sich und drückte ihm einen Kuss auf den Mund.

Die beiden Männer ließen ihre Zungen miteinander spielen.
Und genau wie bei dem jungen Mann in dem Film strämmte auch meine Hose gewaltig. Ich machte sie auf und befreite meinen schon mächtig angeschwollenen Schwanz. Im Film entledigte sich der braungebrannte Hausherr im Nu seiner paar Sachen und sein großer Lümmel wackelte vor Freude auf und ab. Dabei nahm er den gesamten Bildschirm ein.
Noch bevor der junge Vertreter sich ebenfalls von seinen Klamotten befreien konnte, wurde er von dem Anderen zielbewusst heruntergedrückt. Und im nächsten Moment durfte er den vorwitzigen Schwanz seines Gegenübers blasen, was er auch sofort mit viel Hingabe und gut hörbar tat. Währenddessen versuchte der stehende, und auf so prächtige Weise verwöhnte, braungebrannte Kerl dem Hockenden sein Hemd auszuziehen. „Komm hoch Du kleine Schlampe, ich will es Dir jetzt richtig besorgen!" tönte es aus den Lautsprechern. Der junge Mann kam hoch und wurde von dem andern in Windes Eile entkleidet, wobei einige Hemdknöpfe durch die Gegend flogen. Auch der junge Knilch hatte einen nicht zu übersehenden Steifen. Der Hausherr drückte seinen jungen Gespielen sanft gegen eine Wand, griff sich eines seiner Beine und hob es hoch, sodass der an die Wand gedrückte Bursche jetzt nur noch auf einem Bein stand. Die nächste Kameraperspektive zeigte die beiden Männer von unten. Und so durfte ich das Eindringen des mächtigen Schwanzes in das

enge Arschloch des jungen Vertreters mit ansehen. Natürlich hatte ich längst begonnen, mir einen runterzuholen. Ich stellte mir vor, wie dieser braungebrannte Kerl mir seinen harten Prügel bis zum Anschlag in meinen Arsch rammte und mich fickte, wie er es gerade bei dem jungen Mann tat. Nach kurzer Zeit wechselte die Kameraperspektive wieder und die beiden Männer wechselten ihre Stellung. Jetzt stand der Jüngere gebückt mit dem Hintern in Richtung seines Liebhabers und stützte sich an der Wand ab, an der er eben noch mit seinem Rücken lehnte. Und dieser fickte ihn jetzt richtig hart und schnell von hinten.
„Na, da hast Du ja den richtigen Film gefunden!" Holger stand splitterfasernackt in den Türrahmen seines Schlafzimmers gelehnt und grinste mich an. Ich erschrak und Holger lachte. Mein Blick hing an seinem halbsteifen Schwanz. „Kommst Du?" sagte er. Eine Frage war das nicht, eher eine Aufforderung und ich kam dieser Aufforderung nach. Holger ging zurück in sein Schlafzimmer. Ich stand auf und fummelte meinen Steifen irgendwie zurück in meine Unterhose und der junge Mann im Fernsehen bekam gerade eine gehörige Ladung Sperma auf seinen Rücken gespritzt. Ich schaltete ab und folgte Holger in sein Schlafzimmer. Ich blieb in der Tür stehen. Links vor mir stand Holgers wirklich großes Doppelbett. Es stand ganz an der linken Wand dran, sodass es nur von einer Seite aus zu besteigen war. Holger lag zugedeckt mitten auf seinem Bett und deutete an mir vorbei auf seinen Schreibtischstuhl. „Da

kannst Du deine Klamotten lassen, Jens." Ich wandte mich fast mechanisch um und zog mich bis auf die Unterhose aus. Dann ging ich langsam und etwas unsicher zum Bett. Holger saß inzwischen auf der Bettkante und sah mich lächelnd an. „Die brauchst Du hier nicht!" Holger griff nach meiner Unterhose und zog sie herunter. Mein Schwanz hüpfte ihm ins Gesicht. Er zuckte kurz mit seinem Kopf zurück, nahm meinen Schwanz in die Hand und besah ihn sich. „Der ist schon gut!" meinte er und küsste meine Eichel. „Wie war das doch gleich eben? Komm zu Bett Du kleine Schlampe, ich will es Dir jetzt richtig besorgen!" Holger gab mir einen Schubs, sodass ich bäuchlings auf seinem Bett landete, und lachte. Auf seinem Nachtisch hatte er eine Cremedose. „Bleib so!" Er hielt mich an einem Bein fest, Und ich blieb geduldig auf meinem Bauch liegen und harrte der Dinge, die da kommen sollten. Im nächsten Augenblick spürte ich seine Hände an meinem Arsch. Er zog meine Pobacken auseinander und drang mit einem Finger mit kalter Creme in mein Arschloch ein, dann zwei. Und dann vögelte er mich richtig. Er nahm mich wirklich richtig hart ran! Immer wieder spürte ich seine Lenden an meinen Arsch klatschen, bis es ihm offenbar kam. Mit einigen kräftigen Stößen ergoss er sich in meinen Arsch. „Jetzt, meine kleine Bitch, gehst Du bitte noch auf Klo. Und dann wollen wir versuchen zu schlafen, ok?"
Am nächsten Morgen wachte ich so gegen halbsieben Uhr auf. In meinem Kopf hämmerte es.

Zum einen waren da die geilen Erinnerungen an meine erste Nacht mit einem Mann, zum Anderen war es das viele Bier, was seinen Tribut zollte. Ich dachte an das, was mir da gestern Nacht in Holger seinem Bett wiederfahren war und war mir nicht sicher, ob ich es geil oder eklig finden sollte. Da wachte auch Holger auf. „Na meine Süße, schön das Du wach bist! Ich hab´ da was für Dich!" Holger schlug seine Bettdecke zurück und sein mächtiger Ständer strahlte mir entgegen. Ich musste an Marion denken und wie oft, wenn sie ihre Bettdecke zurückschlug und mir ihre Muschi zum lecken darbot, ich ihr den Gefallen schon getan hatte. Und nun war es eben Holger. Und wie ich es so oft bei Marion erlebt hatte, spürte ich diesmal Holgers Hände an meinem Hinterkopf, die der Sache etwas Nachdruck verliehen. Und schon nach kurzer Zeit stieg Holger aus seinem Bett und grinste mich an. „Du bist ja ´ne richtige kleine Naschkatze! Möchtest Du mit mir frühstücken?"
„Nein Danke, das war vorerst genug Frühstück für mich." Holger lachte. „Ok, dann kannst Du ja vielleicht noch ´ne Runde schlafen. Ich muss jedenfalls los. Wenn Du nachher gehst, zieh die Haustür einfach hinter Dir zu." Er suchte sich seine Sachen zum anziehen zusammen, warf sie sich über den Arm und verließ das Schlafzimmer. Kurz bevor er die Tür hinter sich schloss drehte er sich noch einmal um und sagte: „Es war wirklich geil mit Dir heute Nacht, Jensi!"
Ich verließ Holgers Wohnung erst so gegen Mittag. Ich fuhr zu Jose´, einem Mexikaner, der sein

kleines Restaurant schon ab mittags geöffnet hatte. Und ich hatte Glück, es war nichts los. Also aß ich eine Kleinigkeit und wir redeten. Ich trank Etwas und wir redeten noch eine lange Zeit. Naja, die meiste Zeit redete ich und Jose´ hörte zu. Aber genau das war es, was ich jetzt brauchte. Ich weiß nicht mehr, was ich ihm alles erzählt habe, aber als ich das kleine Restaurant verließ, war es schon spät am Abend und ich musste mir ein Taxi rufen lassen. Ich sagte dem Taxifahrer meine Adresse und kurz darauf stand ich vor unserer Haustür. Marion stürmte mir entgegen und fiel mir um den Hals. „Wo warst Du? Was ist passiert, geht es Dir gut?" Sie küsste mich ab und wollte mich gar nicht wieder loslassen. „Nun red´ schon, wo warst Du?" In ihren Augen standen die Tränen. „Bei Holger." Mehr brachte ich nicht heraus. Marion zog mich hinter sich her ins Schlafzimmer. „Die Kinder sind bei Oma und Opa, ich wusste ja nicht…" Meinte sie nur, als ich sie fragend ansah. „Aber, aber was hast Du vor?" stotterte ich. Marion antwortete nicht. Sie fing einfach an, mich auszuziehen. Als ich völlig nackt vor ihr stand, küsste sie mich wieder und stieß mich sanft vor sich her, bis ich rittlings auf unserem Bett landete. Sie legte sich neben mich. Aber sie dachte gar nicht daran, sich selber auch auszuziehen. Sie streichelte sanft meine nackte Haut entlang. „Es ist schön, dass Du dich überall enthaart hast." lächelte sie und nach einer Pause in der sie mich weiter überall von oben bis zu den Knien hinunter gestreichelt hatte, (Das gab eine totale Gänsehaut am ganzen Körper und mein Lümmel stellte sich steil auf) sagte sie: „So etwas darfst Du nie wieder tun. Ich bin fast verrückt geworden vor Sorge!" „Aber Marion, meinst Du wirklich, dass Du mich noch liebst?" fragte ich und es war mir ernst mit dieser Frage. „Aber natürlich! Was denkst Du denn?" „Und Marco?" Eine winzige Pause entstand. „Du meinst Markus, den liebe ich auch. Aber anders!" fügte sie rasch hinzu. „Körperlich, nur körperlich, zumindest überwiegend körperlich!" „Würdest Du denn meinetwegen mit ihm Schluss machen, oder würdest Du mich seinetwegen verlassen?" „Oh wie süß, Du bist ja tatsächlich eifersüchtig! Ich dachte, das könntest Du gar nicht! Also, Jensi, ich liebe Dich wirklich! Schließlich habe ich Dich geheiratet! Und wenn das anders wäre, wäre das ziemlich schlecht für Dich! Denn, wie Du dich vielleicht erinnerst, haben wir einen Ehevertrag, der besagt, sollten wir uns trennen, gehört Dir Nichts! Im Gegenteil, Du müsstest sogar noch ein Leben lang Unterhalt für mich zahlen. Übrigens, Holger war Trauzeuge, der erinnert sich bestimmt auch daran! By the way," Marion kam dichter an mich heran und flüsterte mir ins Ohr: „Hat er Dich gefickt?" „Ja!" „Ich wusste es!" Marion schien sich darüber regelrecht zu freuen. Inzwischen hatte sie aufgehört mich überall zu streicheln. Sie widmete ihre Aufmerksamkeit jetzt ausschließlich meinem Schwanz. „Und wie war´s?" „Naja, wie das Sprichwort sagt: Ficken ist nicht halb so schön, wie man es sich beim wichsen vorstellt." „So?" „Naja, irgendwie war es schon geil! Vor Allem mitzuerleben, wie Holger immer erregter wurde, bis es ihm endlich kam. Das war geil!" Marion wurde merklich unruhiger. Trotz dessen vergaß sie nicht meinen Schwanz mit viel Einfühlungsvermögen weiter zu wichsen. „Ich wusste es doch, Du wirst eine richtig geile Sissy, mein Schatz! Hat er Dir in den Mund gespritzt? Und hast Du es runtergeschluckt? Sag schon!" Meine Gedanken wirbelten durcheinander. Was hatte ich in diesem Ehevertrag damals noch unterschrieben? Wieso freute sich Marion so über mein schwules Erlebnis? Und hatte sie mir eigentlich auf meine Frage geantwortet? Und wieso machte mir mein eigener Schwanz wieder einmal einen Strich durch die Rechnung? Ich konnte nicht mehr klar denken. Und als ich gerade abzuspritzen drohte, hielt Marion inne. „Gestern Nacht, als er mich gefickt hat, hat er mir in meinem Arsch abgespritzt. Und heute Morgen, als ich ihm einen geblasen hab´, hat er mir sein Sperma in meinen Mund gespritzt und ich hab´s geschluckt! Zufrieden?" Marion grinste, ja sie schien zufrieden zu sein. „Komm meine Süße, heb´ deinen Arsch!" Sie schob mir einige Kissen und ihre Bettdecke unter meinen Hintern, dann lutschte sie kurz genüsslich an ihrem Mittelfinger und schob ihn mir kurzerhand, aber zielgenau bis zum Anschlag in mein Arschloch. Dabei sprach sie leise und verführerisch in mein Ohr: „ Na Jens, oder soll ich lieber Andrea sagen? Erinnert Dich das an Deine letzte Nacht? War es so?" Ich ergab mich völlig dem Spiel von Marions Händen, denn

offenbar schien sie genau zu wissen, was sie da tat. „Zugegeben, meine Kleine, meine Finger haben nicht das Kaliber von Holgers Schwanz. Aber ich merke doch, wie geil Dich das macht!" hauchte sie und sie hatte Recht.
Mit der einen Hand wichste sie jetzt wieder meinen harten, zuckenden Schwanz und mit den Fingern der anderen malträtierte sie rhythmisch mein Arschloch. Ich kann kaum beschreiben, wie geil mich das wirklich machte. Plötzlich hörte sie auf und hüpfte aus dem Bett. Und anstatt sich auch auszuziehen, wie ich es erwartet hätte, ging sie zu ihrem Kleiderschrank, öffnete ihn und holte einen recht ansehnlichen Gummidildo hervor. Sie nahm ein Fläschchen Öl und verteilte etwas davon mit ihren Fingern rund um den Dildo. Dann kam sie wieder zu mir ins Bett. Und im nächsten Augenblick bekam ich den, wie mir schien, riesigen Gummischwanz in meinem Arsch zu spüren. Marion stieß ihn mir wieder und wieder tief hinein und es schien ihr sichtlichen Spaß zu machen. Meinem harten Penis schien diese Behandlung aber eher nicht zu gefallen, doch Marion bemerkte das natürlich sofort und ließ nicht zu, dass er sich entspannte. Mit einer Hand wichste sie ihn jetzt wieder und mit der anderen rammte sie mir ihren Dildo schön rhythmisch tief in meinen Hintern. Ich muss zugeben, ich genoss Marions Behandlung. Und als es mir endlich kam, spritze ich in hohem Bogen bis hoch in mein Gesicht. Marion lachte und freute sich „Siehst Du, es gefällt Dir! Ich wusste es doch! Wir werden

noch viel Spaß haben, gemeinsam mit Männern, vielen Männern, die Dich ficken werden, Dir ihren Samen in Deinen Arsch spritzen und ihn Dir natürlich auch zu trinken geben werden. Du wirst sehen, es wird herrlich!" Marion sprudelte förmlich über vor Enthusiasmus. Dann kam sie mit ihrem Kopf ganz dicht an mich heran und leckte an meiner Wangeeinen Spermatropfen auf. Dann wischte sie mit ihrem Zeigefinger einen anderen Tropfen meines Spermas aus meinem Gesicht und hielt ihn mir zum Ablecken direkt vor meinen Mund. Ich machte ihn weit auf, ließ mir Marions Finger hineinschieben und lutschte ihn ihr ab. Was sollte ich auch Anderes tun? Sie grinste, schleckte selber noch einen Tropfen von ihrem Finger ab und hielt ihn mir gleich darauf wieder mit einer Kostprobe meiner Sahne hin. So fuhr sie fort, bis wir mein gesamtes Sperma von meinem Körper gemeinsam aufgenascht hatten.

Am nächsten Morgen wurde ich von Marion geweckt. Ihr Tonfall war dabei um einiges harscher als noch am Vorabend: „Aufstehen Schlafmütze! Du willst doch wohl nicht schonwieder Deine Arbeit schwänzen, oder?" Eilig hüpfte ich aus dem Bett und huschte zur Dusche. Ich wollte es mir nicht gleich wieder mit Marion verderben. Außerdem war ich tatsächlich etwas spät dran. *Wieso ist mein* Wecker *nicht an gegangen?*
Auf dem Rückweg vom Duschen versperrte Marion mir den Weg. „Halt, Stopp mein Liebling, wo willst Du denn so eilig hin?" Ich stand augenblicklich still und sah meine Frau fragend an.

Die riss mir mein Handtuch herunter und hielt mir diesen vermaledeiten Keuschheitskäfig unter die Nase. „Ich will, dass Du den wieder trägst und das täglich!" Marion war sehr bestimmt in ihrer Aussage und ich wusste in diesem Augenblick hatte es überhaupt keinen Zweck ihr zu wiedersprechen. Und um ihren Worten den nötigen Nachdruck zu verleihen, griff sie fest nach meinen Genitalien und verpackte sie einfach in diesen Käfig. Sie drückte das Vorhängeschloss fest zu und gab mir einen Kuss auf die Wange und einen Klaps auf den Hintern. „So, jetzt kannst Du dich anziehen!"
In den nächsten Wochen sperrte Marion meinen Schniedel täglich morgens ein, vielmehr ließ sie es mich selber machen. Natürlich kontrollierte sie jedes Mal, ob ich ihn auch fest genug eingesperrt hatte. Abends befreite sie mich meistens wieder von dem Teil. Aber manchmal vergaß sie es auch einfach. Oder, wenn sie bei ihrem Markus übernachtete, *natürlich hatte sie nicht mit ihm Schluss gemacht,* sagte sie, es wäre besser für mich, wenn sie dafür sorgte, dass ich nicht wild in der Gegend herumspritzte. Aber trotzdem war es für mich nicht mehr so eine Qual, wie beim ersten Mal, denn Marion sorgte so oft sie da war dafür, dass ich Sex mit ihr hatte. Meistens nicht so, wie es üblicherweise geschieht, sondern sie sorgte mehr und mehr dafür, dass ich die Frauenrolle in unserem Bett übernahm. Manchmal schnallte sie sich ihren Gummidildo vor ihre Hüften und fickte mich gnadenlos durch, bis ich nicht mehr konnte.

Und manchmal nahm sie den Dildo und tat es einfach von Hand. Neuerdings ließ sie es mich auch selber machen und sah mir dabei zu. Sie freute sich immer mehr darüber, dass es mich offensichtlich auch aufgeilte, ihren Gummischwanz in meinem Arsch zu spüren. *Ich denke, schuld daran war allerdings nur, dass ich so selten abspritzen durfte in letzter Zeit.*

„Wunderbar mein Liebling, dass hast Du toll gemacht! Zur Belohnung darfst Du gleich meine Muschi lecken. Und vielleicht lassen wir danach deinen Kleinen auch mal wieder abspritzen, was hältst Du davon?" Und so verwöhnte Marion mich fast jede Nacht mit ihren Sexspielchen. Wie gesagt, bis auf die Nächte, in denen sie sich von ihrem Markus durchvögeln ließ, natürlich.

Ich hatte mich im Laufe der letzten paar Monate tatsächlich an die diversen Rollen gewöhnt, die Marion mir zugedacht hatte und es geilte mich, wie ich zugeben muss, jedes Mal gehörig auf, wenn sie mit ihren Spielchen anfing. Mal behandelte sie mich wie ihre beste Freundin, der sie von ihren obszönen Erlebnissen mit anderen Männern erzählte. Und mal wie einen kleinen unerzogenen Jungen, dem sie mit strenger Hand Benehmen beibringen musste. Meistens endete diese Rolle dann so, dass ich mich nackt ausziehen musste und mir vor ihren Augen einen runterholen musste. Hin und wieder wurde ich dabei von Marion unterbrochen und sie nahm die Sache selber in die Hand. „Siehst Du mein Kleiner, so geht das!" pflegte sie dann zu sagen und ließ mich üblicher Weise ihre Finger abschlecken.

Aber am meisten Spaß machte es meiner Frau, mir zu erzählen, nicht ohne jedes Mal ihren Gummischwanz dabei zur Hilfe zu nehmen, wie es sein wird, wenn ich endlich richtig von einem oder mehreren Männern durchgefickt würde. Manchmal erzählte sie mir in diesem Zusammenhang, quasi um mir die Sache etwas mehr zu veranschaulichen, wie Markus sie das letzte Mal gevögelt hätte. Mit welcher Ausdauer und Kraft er jedes Mal bis zum Anschlag in sie hineingestoßen hätte, bis er schließlich seinen Samen in sie hineingespritzt hätte. „Oftmals habe ich dabei an Dich gedacht, mein Schatz! Ich wollte Dir dann jedes Mal am liebsten sofort Markus´ Sperma zu trinken vorbeibringen, aber leider war ich jedes Mal zu erschöpft gewesen. Aber weißt Du was? Am Freitag schläft Sebastian mal wieder bei Oma und Opa und Jessica bei ihrem Freund. Und da habe ich Holger und Markus zu uns eingeladen. Und dieses Mal wirst Du Markus´ Sperma zu naschen bekommen, das verspreche ich!"

An dem bewussten Freitagmorgen, ich hatte gerade geduscht und war auf dem Weg zurück ins Schlafzimmer, als ich die Stimmen meiner Tochter und meiner Frau aus dem Wohnzimmer her hörte: „Mama, was ist *das* denn?" „Das ist der Keuschheitskäfig für Deinen Papa. Jens kommst Du mal?" rief Marion mich zu sich. Mit einem etwas mulmigen Gefühl im Magen ging ich zu den Beiden ins Wohnzimmer. Marion riss mir mit einem kurzen Ruck das Handtuch herunter. „Schau her, Jessi!" Und mit inzwischen wohl geübtem und festem Griff verpackte Marion ruck zuck vor den Augen meiner Tochter meinen Schniedel in sein Gefängnis. „Siehst Du, so kann Papa nur dann einen Steifen bekommen, wenn ich es will. Und er kann auch nur dann sein Sperma verspritzen, wenn es mir gefällt!" „Wow, das ist cool!" Jessicas aufmerksamer Blick, stur zwischen meine Beine gerichtet und wie Marion mich vor ihr zur Schau stellte, ließ es meinem kleinen Gefangenen schnell in seinem Käfig zu eng werden. Marion bemerkte dies natürlich auch. Sie gab mir eine schallende Backpfeife und bedeute mir mit einem Kopfnicken, dass ich jetzt zu verschwinden hätte. Ich hielt mir die Wange, drehte mich um, bückte mich um mein Handtuch aufzuheben und verließ unser Wohnzimmer. Im Weggehen hörte ich gerade noch Jessica fragen und in ihrer Stimme schwang Bewunderung und gleichermaßen Begeisterung: „ Du Mama, würdest Du mir helfen Sven auch so zu erziehen, wie Papa?"

Ende

Bisher erschienene Bücher:
- *Die Geschichte eines dressierten Mannes*
- *Die Reisen eines dressierten Mannes 1.Teil*
- *Die Reisen eines dressierten Mannes 2.Teil*

… „Herr Sengelmann, sie sollen sich bei Frau Gutbrot melden." „Was jetzt?" Ja, jetzt sofort!" Das junge Mädchen in ihrem wirklich sehr kurzen Röckchen machte auf dem Absatz kehrt und ging von meinem Schreibtisch aus direkt in Richtung der Aufzüge quer durch unser Großraumbüro. Mein Blick hing wie gefesselt an dem wippenden Stückchen Stoff, welches die prallen, im Takt ihres schwungvollen Schrittes wiegenden Pobacken des Mädchens kaum bedeckten. *Welch ein Anblick!* Ich ließ ihn noch einen Moment lang auf mich wirken, dann schloss ich den Vorgang auf meinem Bildschirm schnell noch ab und machte mich auf den Weg zu Sylvia. Ich betrat das Büro unserer Chefsekretärin. Wie immer war ich mir etwas unsicher darüber, was da wohl gleich auf mich zu kommen würde. „Jensi, mein Kleiner! Na Du warst aber schon lange nicht mehr bei mir. Schließ die Tür hinter Dir ab und zieh Dich aus!" Ich tat, wie mir geheißen und stellte keine Fragen. Als ich meine Unterhose auszog und der wieder einmal recht eng gewordene Keuschheitskäfig zum Vorschein kam, sah ich, wie ein Grinsen über Sylvias Gesichtszüge huschte. „Ah!" Sie hob ihre rechte Hand und ließ ihren Zeigefinger kreisen. Ich verstand ihren Fingerzeig und drehte mich um mich selbst. „Wie ich sehe, hat Marion meinen Ratschlag, Dir täglich den Arsch zu versohlen nicht befolgt, schade!" Sylvia stand auf und kam langsamen Schrittes auf mich zu. Dicht neben mir blieb sie stehen. Sie streichelte mir über meinen Rücken und meinen Po. „Fickt sie Dich denn wenigstens manchmal?" raunte sie mir ins Ohr. Ich sah sie fragend und wohl etwas hilflos an. „Na mit ihrem schönen, großen Umschnalldildo, den sie von mir hat. Vögelt sie Dein geiles Arschloch ab und zu damit durch?" Ich nickte heftig. „Sehr schön! Und Deinen kleinen Freudenspender hat sie auch weggesperrt." Sie strich über das Ding, das da an meinem Schwanz festgemacht war und schien zu überlegen. „Nein, nein mein Kleiner, ich brauche den Schlawiner in voller Größe. Und wenn Du brav das tust, was ich will, dann werde ich ihn nachher auch richtig schön abspritzen lassen." Ich muss wohl ziemlich bescheuert drein geschaut haben, denn Sylvia begann herzlich und laut zu lachen. „Ich hab´ natürlich einen Reserveschlüssel für dein kleines Gefängnis hier!" …